I0561530

1100

503

LETTRES

ECRITES DE LONDRES

SUR LES

ANGLOIS,

ET

AUTRES SUJETS.

Par M. DE VOLTAIRE.

Suivant la Copie imprimée à Londres.

Se vend A AMSTERDAM,

Chez JAQUES DES-BORDES.

M. DCC. XXXIX.

PREFACE.

CES Lettres furent écrites de Londres depuis 1728. jusqu'à 1730. par une personne fort connuë dans le monde ; elles ont couru longtems manufcrites à Londres & à Paris. Deux Anglois les traduifirent en 1732 ; l'une de ces Traductions fut imprimée auffi-tôt, & eut un debit prodigieux. On commença alors à Londres l'Edition du Manufcrit François ; l'Auteur nous fit prier de la fuprimer. Il nous manda plufieurs fois qu'il ne pouvoit confentir à l'impreffion de ces Lettres, qui avoient été écrites librement, & qui n'étoient pas pour être publiques. Nous déférâmes à fes remontrances, & nous fupprimâmes un an entier l'édition : mais fachant que les copies manufcrites fe multiplioient, que plufieurs Libraires fe préparoient à les imprimer à Londres , & que Neaulme & Ledet en avoient commencé l'impreffion à Amfterdam & à la Haye ,

* 2

PRÉFACE.

étant inftruits de plus que d'autres Libraires avoient fait traduire en François la Traduction Angloife de fes Lettres ; il nous a été enfin impoffible de fupprimer plus longtems cette édition, & nous nous flattons que fi nous déplaifons malgré nous à l'Auteur, nous ne déplairons pas au Public.

LETTRES
SUR LES
ANGLOIS.

PREMIERE
LETTRE
SUR LES
QUAKERS.

J'AI crû que la doctrine & l'histoire d'un peuple si extraordinaire meritoient la curiosité d'un homme raisonnable. Pour m'en instruire, j'allai trouver un des plus celebres Quakers d'Angleterre, qui après avoir été trente ans dans le commerce, avoit sû mettre des bornes à sa fortune & à ses desirs, & c'étoit retiré dans une campagne auprès de Londres. J'allai le chercher dans sa retraite ; c'étoit une maison petite,

* A

mais bien bâtie, pleine de propreté fans ornement.
Le Quaker étoit un vieillard frais, qui n'avoit jamais eu de maladie, parce qu'il n'avoit jamais connu les paffions, ni l'intemperance. Je n'ai point vû
en ma vie d'air plus noble ni plus engageant que
le fien. Il étoit vétu, comme tous ceux de fa Religion, d'un habit fans plis dans les côtés, & fans
boutons fur les poches ni fur les manches, & portoit un grand chapeau à bords rabatus comme nos
Ecclésiaftiques. Il me reçut avec fon chapeau fur la
tête, & s'avança vers moi fans faire la moindre incli-
nation de corps ; mais il y avoit plus de politeffe
dans l'air ouvert & humain de fon vifage, qu'il n'y
en a dans l'ufage de tirer une jambe derriere l'autre,
& de porter à la main ce qui eft fait pour couvrir
la tête. Ami, me dit-il, je vois que tu ès un étranger, fi je puis t'être de quelqu'utilité, tu n'as qu'à
parler. Monfieur, lui dis-je, en me courbant le
corps, & en gliffant un pied vers lui felon notre
coutume, je me flatte que ma jufte curiofité ne
vous déplaira pas, & que vous voudrez bien me
faire l'honneur de m'inftruire de votre Religion. Les
gens de ton pays, me répondit-il, font trop de
complimens & de reverences ; mais je n'en ai encore vu aucun qui ait eu la même curiofité que toi.
Entre, & dînons d'abord enfemble. Je fis encore
quelques mauvais complimens, parce qu'on ne fe
défait pas de fes habitudes tout d'un coup, & après
un repas fain & frugal, qui commença & qui finit
par une priere à Dieu, je me mis à interroger mon
homme. Je debutai par la queftion que de bons Catholiques ont fait plus d'une fois aux Huguenots.

Mon cher Monsieur, dis-je, êtes-vous baptisé ? Non, me répondit le Quaker, & mes confréres ne le font point. Comment morbleu, repris-je, vous n'êtes donc pas Chrétiens ? Mon ami, repartit-il d'un ton doux, ne jure point ; nous sommes Chrétiens, & tâchons d'être bons Chrétiens, mais nous ne penfons pas que le Chriftianifme confifte à jetter de l'eau fur la tête d'un enfant. Eh bon Dieu ! repris-je outré de cette impieté, vous avez donc oublié que Je-fus-Chrift fût baptifé par Jean ? Ami, point de ju-remens, encore un coup, dit le benin Quaker. Le Chrift reçut le baptême de Jean, mais il ne baptifa jamais perfonne ; nous ne fommes pas les difciples de Jean, mais du Chrift. La bonne foi de mon Qua-ker me faifoit compaffion, & je voulois à toute for-ce qu'il fe fit baptifer. S'il ne falloit que cela pour condefcendre à ta foibleffe, nous le ferions volon-tiers, repartit-il gravement ; nous ne condamnons perfonne pour ufer de la cerémonie du baptême ; mais nous croions que ceux qui profeffent une Re-ligion toute fainte & toute fpirituelle, doivent s'ab-ftenir, autant qu'ils le peuvent, des ceremonies Ju-daïques. En voici bien d'une autre, m'écrirai-je ; des cérémonies Judaïques ! Oui, mon ami, continua-t-il, & fi Judaïques, que plufieurs Juifs encore aujour-d'hui ufent quelquefois du baptême de Jean. Con-fulte l'Antiquité, elle t'aprendra que Jean ne fit que renouveller cette pratique, laquelle étoit en ufage longtems avant lui parmi les Hebreux, comme le pelerinage de la Mecque l'étoit parmi les Ifmaëlites. Jefus voulut bien recevoir le baptême de Jean, de même qu'il s'étoit foumis à la circoncifion ; mais,

A 2

& la circoncifion & le lavement d'eau , doivent être tous deux abolis par le baptême du Chrift , ce baptême de l'efprit , cette ablution de l'ame qui fauve les hommes. Auffi le Precurfeur Jean difoit , *Je vous baptife à la vérité avec de l'eau , mais un autre viendra après moi plus puiffant que moi & dont je ne fuis pas digne de porter les fandalles ; celui-là vous baptifera avec le feu & le Saint Efprit.* Auffi le grand Apôtre des Gentils , Paul , écrit aux Corinthiens , *le Chrift ne m'a pas envoyé pour baptifer , mais pour prêcher l'Evangile* ; auffi ce même Paul ne baptifa jamais avec de l'eau que deux perfonnes , encore fût-ce malgré lui. Il circoncit fon difciple Timothée , les autres Apôtres circoncifoient auffi tous ceux qui vouloient l'être ; ès-tu circoncis , ajouta-t-il ? Je lui répondis que je n'avois pas cet honneur. Eh bien , dit-il , l'ami , tu ès Chrétien fans être circoncis , & moi fans être baptifé. Voilà comme mon faint homme abufoit affez fpécieufement de trois ou quatre paffages de la fainte Ecriture qui fembloient favorifer la Secte , mais il oublioit de la meilleure foi du monde une centaine de paffages qui l'écrafoient. Je me gardai bien de lui rien contefter , il n'y a rien à gagner avec un Enthoufiafte. Il ne faut point s'avifer de dire à un homme les deffauts de fa maîtreffe , ni à un plaideur le foible de fa caufe , ni des raifons à un illuminé. Ainfi je paffai à d'autres queftions.

A l'égard de la Communion , lui dis-je , comment en ufez-vous ? Nous n'en ufons point , dit-il. Quoi , point de Communion ? Non , point d'autre que celles des cœurs. Alors il me cita encore les Ecritures ; il me fit un fort beau Sermon contre la Communion , & me parla d'un ton d'infpiré pour me prouver que les Sacremens étoient tous d'invention humaine , & que le mot de Sacrement ne fe trouvoit pas une feule fois dans l'Evangile. Pardonne, dit-il, à mon ignorance , je ne t'ai pas aporté la centiéme partie des preuves de ma Religion , mais tu peux les voir dans l'expofition de notre Foi par Robert Barclay. C'eft un des meilleurs livres qui foit jamais forti de la main des hommes ; nos ennemis conviennent qu'il eft très-dangereux , cela prouve combien il eft raifonnable. Je lui promis de lire ce livre , & mon Quaker me crut déja converti. Enfuite il me rendit raifon en peu de mots de quelques fingularités qui expofent cette Secte au mépris des autres. Avouë, dit-il, que tu as eu bien de la peine à t'empêcher de rire , quand j'ai répondu à toutes tes civilités avec mon chapeau fur la tête , & en te tutoyant. Cependant tu me parois trop inftruit, pour ignorer que du tems du Chrift , aucune Nation ne tomboit dans le ridicule de fubftituer le plurier au fingulier ; on difoit à Cefar Augufte, *Je t'aime, je te prie, je te remercie* ; il ne fouffroit pas même qu'on l'appellât *Monfieur, Dominus.* Ce ne fut que très-long-tems après lui que les hommes s'aviferent de fe faire apeller *vous* au lieu de *tu* , comme s'ils étoient doubles , & d'ufurper les titres impertinens de Grandeur, d'Eminence , de Sainteté, que des vers de terre donnent à d'autres vers de terre , en les affurant qu'ils font avec un profond refpect , & une fauffeté infâme , leurs très-humbles & trèsobeiffants ferviteurs. C'eft pour être plus fur nos gardes contre cet indigne commerce de menfonge &

A 3

de flatteries que nous tutoyons également les Rois & les charboniers , que nous ne saluons personne , n'ayans pour les hommes que de la charité , & du respect que pour les Loix.

Nous portons aussi un habit un peu different des autres hommes , afin que ce soit pour nous un avertissement continuel de ne leur pas ressembler. Les autres portent les marques de leurs dignités , & nous celles de l'humilité Chrétienne. Nous fuïons les assemblées de plaisir , les spectacles , le jeu ; car nous serions bien à plaindre de remplir de ces bagatelles des cœurs en qui Dieu doit habiter. Nous ne faisons jamais de sermens , pas même en justice ; nous pensons que le nom du très-haut ne doit point être prostitué dans les debats miserables des hommes. Lorsqu'il faut que nous comparoissions devant les Magistrats pour les affaires des autres (car nous n'avons jamais de procès) nous affirmons la vérité par un *oui* ou par un *non* , & les Juges nous en croient sur notre simple parole , tandis que tant d'autres Chrétiens se parjurent sur l'Evangile. Nous n'allons jamais à la guerre ; ce n'est pas que nous craignons la mort ; au contraire nous benissons le moment qui nous unit à l'Etre des Etres , mais c'est que nous ne sommes ni loups , ni tigres , ni dogues , mais hommes , mais Chrétiens. Notre Dieu qui nous a ordonné d'aimer nos ennemis , & de souffrir sans murmure , ne veut pas sans doute que nous passions la mer pour aller égorger nos freres , parce que des meurtriers vêtus de rouge , avec un bonnet haut de deux pieds enrôllent des citoyens en faisant du bruit avec deux petits bâtons sur une

peau d'âne bien tenduë. Et lorsqu'après des batail-
les gagnées tout Londres brille d'illuminations ; que
le Ciel est enflammé de fusées , que l'air retentit
du bruit des actions de graces , des cloches , des
orgues , des canons, nous gemissons en silence sur
ces meurtres qui causent la publique allégresse.

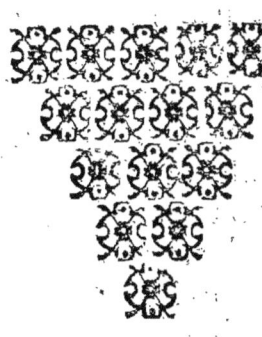

SECONDE LETTRE

SUR LES

QUAKERS.

TELLE fut à peu près la conversation que j'eus avec cet homme singulier. Mais je fus bien surpris quand le Dimanche suivant il me mena à l'Eglise des Quakers. Ils ont plusieurs chapelles à Londres ; celle où j'allai est près de ce fameux pillier que l'on appelle le Monument. On étoit déja assemblé, lorsque j'entrai avec mon conducteur. Il y avoit environ quatre cens hommes dans l'Eglise, & trois cens femmes. Les femmes se cachoient le visage avec leur éventail, les hommes étoient couverts de leurs larges chapeaux ; tous étoient assis, tous dans un profond silence. Je passai au milieu d'eux sans qu'un seul levât les yeux sur moi. Ce silence dura un quart d'heure : enfin un d'eux se leva, ôta son chapeau, & après quelques grimaces & quelques soupirs, debita moitié avec la bouche, moitié avec le nez, un galimatias tiré, à ce qu'il croyoit, de l'Evangile, où ni lui ni personne n'entendoit rien. Quand ce faiseur de contor-

fions eut fini fon beau monologue , & que l'Affemblée
fe fut féparée toute édifiée , & toute ftupide , je de-
mandai à mon homme pourquoi les plus fages d'entre eux fouffroient de pareilles fotifes ? Nous fommes obligés de les tolerer , me dit-il , parce que
nous ne pouvons pas favoir fi un homme qui fe leve
pour parler fera infpiré par l'Efprit ou par la folie.
Dans le doute nous écoutons tout patiemment , nous
permettons même aux femmes de parler ; deux ou
trois de nos dévotes fe trouvent fouvent infpirées à
la fois , & c'eft alors qu'il fe fait un beau bruit
dans la maifon du Seigneur. Vous n'avez donc point
de Prêtres , lui dis-je. Non , mon ami , dit le Quaker , & nous nous en trouvons bien. Alors ouvrant
un livre de fa Secte , il lut avec emphafe ces paroles : A Dieu ne plaife que nous ofions ordonner à
quelqu'un de recevoir le St. Efprit le Dimanche à
l'exclufion de tous les autres fideles. Grace au Ciel ,
nous fommes les feuls fur la terre qui n'ayons point
de Prêtres. Voudrois-tu nous ôter une diftinction fi
heureufe ? Pourquoi abandonnerons-nous notre enfant
à des nourrices mercenaires , quand nous avons du
lait à lui donner ? Ces mercenaires domineroient bien-
tôt dans la maifon , & oprimeroient la mere & l'enfant. Dieu a dit , vous avez reçu *gratis* , donnez
gratis. Irons-nous après cette parole marchander l'E-
vangile , vendre l'Efprit Saint , & faire d'une affemblée de Chrétiens une boutique de Marchands ?
Nous ne donnons point d'argent à des hommes vé-
tus de noir pour affifter nos pauvres , pour enterrer
nos morts , pour prêcher les fideles ; ces faints emplois nous font trop chers pour nous en décharger

fur d'autres. Mais comment pouvez-vous difcerner, infiftai-je, fi c'eft l'Efprit de Dieu qui vous anime dans vos difcours? Quiconque, dit-il, priera Dieu de l'éclaircir, & qui annoncera des verités évangeliques qu'il fentira, que celui-là foit fûr que Dieu l'infpire. Alors il m'accabla de citations de l'Ecriture, qui démontroient, felon lui, qu'il n'y a point de Chriftianifme fans une revelation immédiate, & il ajouta ces paroles remarquables : Quand tu fais mouvoir un de tes membres, eft-ce ta propre force qui le remuë? Non, fans doute, car ce membre a fouvent des mouvemens involontaires ; c'eft donc celui qui a créé ton corps qui meut ce corps de terre. Et les idées que reçoit ton ame, eft-ce toi qui les forme ? Encore moins, car elles viennent malgré toi ; c'eft donc le Créateur de ton ame qui te donne tes idées ; mais comme il a laiffé à ton cœur la liberté, il donne à ton efprit les idées que ton cœur merite ; tu vis dans Dieu, tu agis, tu penfes dans Dieu. Tu n'as donc qu'à ouvrir les yeux à cette lumiere qui éclaire tous les hommes, alors tu verras la vérité, & la feras voir. Eh ! voilà le Pere Malebranche tout pur, m'écriai-je. Je connois ton Malebranche, dit-il ; il étoit un peu Quaker, mais il ne l'étoit pas affez. Ce font-là les chofes les plus importantes que j'ai aprifes touchant la doctrine des Quakers ; dans la premiere Lettre vous aurez leur hiftoire que vous trouverez encore plus finguliere que leur doctrine.

TROISIEME
LETTRE
SUR LES
QUAKERS.

VOUS avez déja vû que les Quakers datent depuis Jesus-Christ, qui fut selon eux le premier Quaker. La Religion, disent-ils, fut corrompuë presque après sa mort, & resta dans cette corruption environ 1600. années. Mais il y avoit toujours quelques Quakers cachez dans le monde, qui prenoient soin de conserver le feu sacré, éteint par tout ailleurs, jusqu'à ce qu'enfin cette lumiere s'étendit en Angleterre en l'an 1642.

CE fut dans le tems que trois ou quatre Sectes déchiroient la Grande Bretagne par des guerres civiles entreprises au nom de Dieu, qu'un nommé George Fox, du Comté de Leicester, fils d'un ouvrier en soye, s'avisa de prêcher en vrai Apôtre à ce qu'il prétendoit, c'est-à-dire, sans savoir ni lire ni écrire. C'étoit un jeune homme de vingt-cinq ans, de mœurs irréprochables & saintement fol. Il étoit vétu de cuir depuis les pieds jusqu'à la tête, il alloit de village en

villâge criant contre la Guerre & contre le Clergé,
S'il n'avoit prêché que contre les gens de guerre,
il n'avoit rien à craindre, mais il attaquoit les gens
d'Eglise. Il fut bien-tôt mis en prison ; on le mena à
Darby devant le Juge de Paix. Fox se presenta au
Juge avec son bonnet de cuir sur la tête. Un Sergent lui donna un grand soufflet, en lui disant, Gueux,
ne sais-tu pas qu'il faut paroître tête nuë devant Mr.
le Juge ? Fox tendit l'autre joue, & pria le Sergent
de vouloir bien lui donner un autre soufflet pour l'a-
mour de Dieu. Le Juge de Darby voulut lui faire
prêter serment avant de l'interroger ; mon ami, sa-
che, dit-il au Juge, que je ne prends jamais le nom
de Dieu en vain. Le Juge voyant que cet homme
le tutoyoit, l'envoya aux Petites-maisons de Darby
pour y être fouetté. George Fox alla en louant Dieu
à l'hôpital des fols, où l'on ne manqua pas d'executer
à la rigueur la sentence du Juge. Ceux qui lui inflige-
rent la penitence du fouet, furent bien surpris quand
il les pria de lui appliquer encore quelques coups
de verges pour le bien de son ame. Ces Messieurs ne
se firent pas prier ; Fox eût sa double dose, dont il
les remercia très-cordialement : il se mit à les prêcher.
D'abord on rit, ensuite on l'écouta, & comme l'en-
thousiasme est une maladie qui se gagne, plusieurs furent persuadés, & ceux qui l'avoient fouetté, devinrent ses premiers disciples. Delivré de sa prison il cou-
rut les champs avec une douzaine de Proselytes prê-
chant toujours contre le Clergé, & fouetté de tems
en tems. Un jour étant mis au pilori, il harangua
tout le peuple avec tant de force, qu'il convertit
une cinquantaine d'auditeurs, & mit le reste telle-

ment dans fes interêts, qu'on le tira en tumulte du trou où il étoit ; on alla chercher le Curé Anglican dont le crédit avoit fait condamner Fox à ce fuplice, & on le piloria à fa place.

Il ofa bien convertir quelques foldats de Cromwel qui quitterent le métier des armes, & refuferent de prêter le ferment. Cromwel ne vouloit pas d'une Secte où on ne fe battoit point, de même que Sixte-Quint auguroit mal d'une Secte, *dove non fi chiavava* : il fe fervit de fon pouvoir pour perfecuter ces nouveaux venus. On en rempliffoit les prifons, mais les perfecutions ne fervent prefque jamais qu'à faire des profelytes. Ils fortoient de leurs prifons affermis dans leur créance, & fuivis de leurs geoliers qu'ils avoient convertis. Mais voici ce qui contribua le plus à éteindre la Secte. Fox fe croyoit infpiré, il crut par conféquent devoir parler d'une maniere differente des autres hommes. Il fe mit à trembler, à faire des contorfions & des grimaces, à retenir fon haleine, à la pouffer avec violence ; la Prêtreffe de Delphes n'eût pas mieux fait. En peu de tems il aquit une grande habitude d'infpiration, & bien-tôt après il ne fût plus guére en fon pouvoir de parler autrement. Ce fut le premier don qu'il communiqua à fes difciples. Ils firent de bonne foi toutes les grimaces de leur maître, ils trembloient de toutes leurs forces au moment de l'infpiration. De-là ils en eurent le nom de *Quakers*, qui fignifie *Trembleurs*. Le petit peuple s'amufoit à les contrefaire, on trembloit, on parloit du nez, on avoit des convulfions, & on croyoit avoir le S. Efprit. Il leur faloit quelques miracles ; ils en firent.

L E Patriarche Fox dit publiquement à un Juge
de Paix, en préfence d'une grande affemblée, Ami,
prends garde à toi, Dieu te punira bien-tôt de per-
fécuter les Saints. Ce Juge étoit un yvrogne qui
s'enyvroit tous les jours de mauvaife biere & d'eau
de vie, il mourut d'apoplexie deux jours après précifément comme il venoit de figner un ordre pour
envoyer quelques Quakers en prifon. Cette mort
foudaine ne fut point attribuée à l'intempérance du
Juge; tout le monde la regarda comme un effet des
prédictions du faint homme; cette mort fit plus de
Quakers, que mille Sermons & autant de convulfions n'en auroient pû faire. Cromwel voyant que
leur nombre augmentoit tous les jours, voulut les attirer à fon parti, il leur fit offrir de l'argent; mais
ils furent incorruptibles, & il dit un jour que cette
Religion étoit la feule contre laquelle il n'avoit pû
prévaloir avec des guinées.

I L s furent quelquefois perfecutez fous Charles
Second, non pour leur Religion, mais pour ne
vouloir pas payer les dixmes au Clergé, pour tutoyer les Magiftrats, & refufer de prêter les fer-
mens prefcrits par la Loi.

E N F I N Robert Barclay, Écoffois, préfenta au
Roi en 1675. fon Apologie des Quakers, Ouvrage
auffi bon qu'il pouvoit l'être. L'Épitre Dedicatoire
à Charles Second contient non des baffes flateries,
mais des veritez hardies, & des confeils juftes. ,, Tu
,, as goûté, dit-il à Charles à la fin de cette Épitre,
,, de la douceur & de l'amertume, de la profperi-
,, té & des plus grands malheurs; tu as été chaffé
,, des pays où tu regnes, tu as fenti le poids de

„ l'opreſſion, & tu dois ſavoir combien l'opreſſeur
„ eſt déteſtable devant Dieu, & devant les hom-
„ mes : que ſi après tant d'épreuves & de benedic-
„ tions ton cœur s'endurciſſoit, & oublioit le Dieu
„ qui s'eſt ſouvenu de toi dans tes diſgraces, ton
„ crime en ſeroit plus grand, & ta condamnation
„ plus terrible ; au lieu donc d'écouter les flateurs
„ de ta Cour, écoute la voix de ta Conſcience,
„ qui ne te flatera jamais. Je ſuis ton fidéle ami &
„ ſujet, BARCLAY.

CE qui eſt plus étonnant, c'eſt que cette Lettre
écrite à un Roi par un particulier obſcur, eût ſon
effet, & la perſécution ceſſa.

QUATRIEME LETTRE

SUR LES

QUAKERS

ENVIRON ce tems parut l'illustre Guillaume Pen, qui établit la puissance des Quakers en Amerique, & qui les auroit rendu respectables en Europe, si les hommes pouvoient respecter la Vertu sous des apparences ridicules. Il étoit fils unique du Chevalier Pen, Vice-Amiral d'Angleterre, & favori du Duc d'Yorck, depuis Jaques Second.

GUILLAUME PEN à l'âge de quinze ans rencontra un Quaker à Oxfort, où il faisoit ses études; ce Quaker le persuada, & le jeune homme, qui étoit vif, naturellement éloquent, & qui avoit de l'ascendance dans sa physionomie & dans ses manieres, gagna bien-tôt quelques-uns de ses camarades; il établit insensiblement une Societé de jeunes Quakers qui s'assembloient chez lui; de sorte qu'il se trouva Chef de Secte à l'âge de seize ans.

DE retour chez le Vice-Amiral son pere, au fortir du Colége, au lieu de se mettre à génoux devant

lui

lui & de lui demander sa benediction, selon l'usage
des Anglois, il l'aborda le chapeau sur la tête, & lui
dit, Je suis fort aise, l'ami de te voir en bonne santé. Le Vice-Amiral crut que son fils étoit devenu fol ;
il s'aperçut bien-tôt qu'il étoit Quaker, il mit en usage tous les moyens que la prudence humaine peut
employer pour l'engager à vivre comme un autre.
Le jeune homme ne répondit à son pere qu'en l'ex-
hortant à se faire Quaker lui-même. Enfin le pere
se relâcha à ne lui demander autre chose sinon qu'il
allât voir le Roi & le Duc d'Yorck le chapeau sous
le bras, & qu'il ne les tutoyât point. Guillaume répondit que sa conscience ne le lui permettoit pas, &
le pere indigné & au desespoir le chassa de sa maison. Le jeune Pen remercia Dieu de ce qu'il souffroit
déja pour sa cause ; il alla prêcher dans la Cité, il y
fit beaucoup de proselytes.

LES Prêches du Ministre éclaircissoient tous les
jours, & comme il étoit jeune, beau, & bien fait, les
femmes de la Cour & de la ville accouroient dévo-
tement pour l'entendre. Le Patriarche George Fox
vint du fond de l'Angleterre le voir à Londres, sur sa
réputation ; tous deux résolurent de faire des missions
dans les pays étrangers ; ils s'embarquerent pour la
Hollande, après avoir laissé des ouvriers en assez bon
nombre pour avoir soin de la vigne de Londres.

LEURS travaux eurent un heureux succès à Amsterdam ; mais ce qui leur fit plus d'honneur, & ce
qui mit le plus leur humilité en danger, fut la reception que leur fit la Princesse Palatine Elizabeth, tante
de George premier Roi d'Angleterre, femme illustre
par son esprit & par son savoir, & à qui Des Car-

* B

tes avoit dedié son Roman de Philosophie.

E L L E étoit alors retirée à la Haye, où elle vit *les Amis*, car c'est ainsi qu'on appelloit alors les Quakers en Hollande. Elle eut plusieurs conferences avec eux, ils prêcherent souvent chez elle, & s'ils ne firent pas d'elle une parfaite Quakeresse, ils avouerent au moins qu'elle n'étoit pas loin du Royaume des Cieux. Les Amis semérent aussi en Allemagne, mais ils y recueillirent peu ; on ne gouta pas la mode de tutoyer dans un pays où il faut toujours les termes d'Altesse & d'Excellence. Pen repassa bien-tôt en Angleterre sur la nouvelle de la maladie de son pere, il vint recueillir ses derniers soupirs. Le Vice-Amiral se réconcilia avec lui & l'embrassa avec tendresse quoi qu'il fût d'une differente Religion. Mais Guillaume l'exhorta en vain à ne point recevoir le Sacrement, & à mourir Quaker, & le vieux bon homme recommanda inutilement à Guillaume d'avoir des boutons sur ses manches & des ganses à son chapeau.

G U I L L A U M E herita de grands-biens, parmi lesquels il se trouvoit des dettes de la Couronne pour des avances faites par le Vice-Amiral dans des expeditions maritimes. Rien n'étoit moins assuré alors que l'argent dû par le Roi. Pen fut obligé d'aller tutoyer Charles Second & ses Ministres, plus d'une fois, pour son payement. Le Gouvernement lui donna en 1680, au lieu d'argent la proprieté & la Souveraineté d'une Province d'Amerique, au sud de Maryland. Voilà un Quaker devenu Souverain. Il partit pour ses nouveaux Etats avec deux Vaisseaux chargés de Quakers, qui le suivirent. On appella dès-lors le pays *Pensilvania*, du nom de Pen ; il y fonda la

ville de Philadelphie, qui est aujourd'hui très-floris-
sante. Il commença par faire une Ligue avec les
Ameriquains ses voisins. C'est le seul Traité entre
ces Peuples & les Chrétiens qui n'ait point été juré,
& qui n'ait point été rompu. Le nouveau Souverain
fut aussi le Législateur de la Pensilvanie ; il donna
des Loix très-sages , dont aucune n'a été changée
depuis lui. La premiere est de ne maltraiter personne au sujet de la Religion ; & de regarder comme
freres tous ceux qui croyent un Dieu.

A PEINE eut-il établi son Gouvernement que plusieurs Marchands de l'Amerique vinrent peupler cette colonie. Les naturels du pays au lieu de fuir dans
les forêts , s'accoutumerent insensiblement avec les
pacifiques Quakers. Autant ils détestoient les autres
Chrétiens conquérans & destructeurs de l'Amerique ,
autant ils aimoient ces nouveaux venus. En peu de
tems un grand nombre de ces prétendus Sauvages
charmés de la douceur de ces voisins, vinrent en foule
demander à Guillaume Pen de les recevoir au nombre
de ses Vassaux. C'étoit un spectacle bien nouveau
qu'un Souverain que tout le monde tutoyoit , & à
qui on parloit le chapeau sur la tête ; un gouvernement sans Prêtres , un peuple sans armes , des Citoyens tous égaux , à la Magistrature près , & des voisins sans jalousie.

GUILLAUME PEN pouvoit se vanter d'avoir
aporté sur la terre l'âge d'or , dont on parle tant ,
& qui n'a vraisemblablement existé qu'en Pensilvanie. Il revint en Angleterre pour les affaires de son
nouveau pays. Après la mort de Charles Second ,
le Roi Jaques , qui avoit aimé son pere , eut la mê-

B 2

me affection pour le fils , & ne le confidera plus
comme un Sectaire obfcur , mais comme un très-
grand homme. La politique du Roi s'accordoit en
cela avec fon goût. Il avoit envie de flatter les
Quakers en aboliffant les Loix faites contre les
Nonconformiftes , afin de pouvoir introduire la Religion Catholique à la faveur de cette liberté. Toutes les Sectes d'Angleterre virent le piege , & ne
s'y laifferent pas prendre ; elles font toujours réu-
nies contre le Catholicifme , leur ennemi commun.
Mais Pen ne crut pas devoir renoncer à fes principes pour favorifer des Proteftans qui le haïffoient ,
contre un Roi qui l'aimoit. Il avoit établi la liberté de confcience en Amerique , il n'avoit pas envie
de vouloir paroître la détruire en Europe ; il de-
meura donc fidéle à Jaques Second , au point qu'il
fût generalement accufé d'être Jefuite. Cette calomnie l'affligea fenfiblement , il fut obligé de s'en
juftifier par des Ecrits publics. Cependant le malheureux Jacques Second , qui comme prefque tous
les Stuards étoit un compofé de grandeur & de foibleffe , & qui comme eux en fit trop & trop peu,
perdit fon Royaume fans qu'on pût dire comment
la chofe arriva.

TOUTES les Sectes Angloifes reçurent de Guillaume Troifiéme & de fon Parlement , cette même
liberté qu'elles n'avoient jamais voulu tenir des
mains de Jaques. Ce fut alors que les Quakers com-
mencerent à jouïr par la force des Loix de tous les
privileges dont ils font en poffeffion aujourd'hui.
Pen , après avoir vû enfin fa Secte établie fans contradiction dans le païs de fa naiffance , retourna en

Penfilvanie. Les fiens & les Ameriquains le reçurent avec des larmes de joïe, comme un pere qui revenoit voir fes enfans. Toutes fes Loix avoient été religieufement obfervées pendant fon abfence ; ce qui n'étoit arrivé à aucun Légiflateur avant lui. Il refta quelques années à Philadelphie : il en partit enfin malgré lui pour aller folliciter à Londres des avantages nouveaux en faveur du commerce des Penfilvains ; il ne les revit plus , il mourut à Londres en 1718.

Je ne puis deviner quel fera le fort de la Religion des Quakers en Amerique , mais je vois qu'elle déperit tous les jours à Londres. Par tout païs la Religion dominante , quand elle ne perfecute point , engloutit à la longue toutes les autres. Les Quakers ne peuvent êtres Membres du Parlement , ni poffeder aucun office , parce qu'il faudroit prêter ferment , & qu'ils ne veulent point jurer ; ils font réduits à la neceffité de gagner de l'argent par le commerce. Leurs enfans enrichis par l'induftrie de leurs peres , veulent jouïr , avoir des honneurs , des boutons , & des manchettes ; ils font honteux d'être appellés Quakers , & fe font Proteftans pour être à la mode.

CINQUIE'ME LETTRE
SUR LA
RELIGION ANGLICANE.

C'EST ici le pays des Sectes. : *multæ sunt mansiones in domo patris mei* : un Anglois, comme homme libre , va au Ciel par le chemin qui lui plaît.

CEPENDANT quoique chacun puisse ici servir Dieu à sa mode , leur veritable Religion , celle où l'on fait fortune , est la Secte des Episcopaux, apellée l'Eglise Anglicane , ou l'Eglise par excellence. On ne peut avoir d'emploi ni en Angleterre ni en Irlande sans être du nombre des fideles Anglicans. Cette raison , qui est une excellente preuve , a converti tant de Nonconformistes , qu'aujourd'hui il n'y a pas la vingtiéme partie de la Nation qui soit hors du giron de l'Eglise dominante.

LE Clergé Anglican a retenu beaucoup des Ceremonies Catholiques , & sur tout celle de recevoir les Dixmes avec une attention très-scrupuleuse. Ils ont aussi la pieuse ambition d'être les maîtres.

De plus, ils fomentent autant qu'ils peuvent dans leurs ouailles un saint zèle contre les Nonconformistes. Ce zèle étoit assez vif sous le gouvernement des Toris, dans les dernières années de la Reine Anne ; mais il ne s'étendoit pas plus loin qu'à casser quelquefois les vitres des Chapelles hérétiques ; car la rage des Sectes a fini en Angleterre avec les guerres civiles, & ce n'étoit plus sous la Reine Anne que les bruits sourds d'une mer encore agitée long-tems après la tempête, quand les Whigs & les Toris déchirerent leur pays, comme autrefois les Guelphes & Gibelins, il fallut bien que la Religion entrât dans les parties ; les Toris étoient pour l'Episcopat, les Whigs le vouloient abolir, mais ils se sont contentés de l'abaisser quand ils ont été les maîtres.

Du tems que le Comte Harley d'Oxford & Mylord Bolingbroke faisoient boire la santé des Toris, l'Eglise Anglicane les regardoit comme les défenseurs de ses saints privileges. L'Assemblée du bas Clergé, qui est une espece de Chambre des Communes composée d'Ecclesiastiques, avoit alors quelque crédit ; elle jouissoit au moins de la liberté de s'assembler, de raisonner de controverse, & de faire brûler de tems en tems quelques livres impies, c'est-à-dire, écrits contre elle. Le Ministre qui est Whig aujourd'hui, ne permet pas seulement à ces Messieurs de tenir leur Assemblée, ils sont réduits dans l'obscurité de leur Paroisse au triste emploi de prier Dieu pour le Gouvernement, qu'ils ne seroient pas fachés de troubler.

Quant aux Evêques qui sont vingt & six en tout,

ils ont feance dans la Chambre haute en dépit des Whigs, parce que le vieil abus de les regarder comme Barons fubfifte encore. Il y a une claufe dans le ferment que l'on prête à l'Etat, laquelle exerce bien la patience Chrétienne de ces Meffieurs ; on y promet d'être de l'Eglife comme elle eft établie par la Loi. Il n'y a guére d'Evêques, de Doyens, d'Archiprêtres qui ne penfent l'être de droit divin ; c'eft donc un grand fujet de mortification pour eux d'être obligés d'avouër, qu'ils tiennent tout d'une miferable Loi faite par des profanes Laïques. Un favant Religieux (le Pere Courayer) a écrit depuis peu un Livre pour prouver la validité & la fucceffion des Ordinations Anglicanes. Cet ouvrage a été profcrit en France ; mais croyez-vous qu'il ait plû au Miniftere d'Angleterre ? Point du tout ; les maudits Whigs fe foucient très-peu que la fucceffion Epifcopale ait été interrompuë chez eux ou non, & que l'Evêque Parker ait étéconfacré dans un Cabaret (comme on le veut) ou dans une Eglife ; ils aiment mieux même que les Evêques tirent leur autorité du Parlement plûtôt que des Apôtres. Le Lord B —— dit que cette idée de Droit divin ne ferviroit qu'à faire des Tirans en camail & en rochet, mais que la Loi fait des citoyens.

A L'EGARD des mœurs, le Clergé Anglican eft plus reglé que celui de France, & en voici la caufe. Tous les Ecclefiaftiques font élevés dans l'Univerfité d'Oxford, ou dans celle de Cambridge loin de la corruption de la Capitale. Ils ne font apellés aux dignités de l'Eglife que très-tard, & dans un âge où les hommes n'ont d'autres paffions que l'avarice, lorfque leur ambition manque d'alimens. Les emplois

font ici la récompenfe des longs fervices dans l'Eglife auffi bien que dans l'Armée, on n'y voit pas de jeunes gens Evêques ou Colonels au fortir du College ;
de plus, les Prêtres font prefque tous mariés. La
mauvaife grace contractée dans l'Univerfité, & le peu
de commerce qu'on a ici avec les femmes, font que
d'ordinaire un Evêque eft forcé de fe contenter de la
fienne. Les Prêtres vont quelquefois au cabaret, parce que l'ufage le leur permet ; & s'ils s'enivrent,
c'eft férieufement & fans fcandale.

C E T Etre indéfiniffable, qui n'eft ni Ecclefiaftique
ni Seculier ; en un mot, ce que l'on apelle un Abbé,
eft une efpece inconnuë en Angleterre : les Ecclefiaftiques font tous ici réfervés & prefque tous pedans.
Quand ils aprennent qu'en France de jeunes gens connus par leurs débauches, & élevés à la Prélature par
des intrigues de femmes, font publiquement l'amour,
s'égayent à compofer des chanfons tendres, donnent
tous les jours des foupers délicats & longs, & de-là
vont implorer les lumieres du St. Efprit, & fe nomme
hardiment les fucceffeurs des Apôtres ; ils remercient
Dieu d'être Proteftans ; mais ce font de vilains Here-
tiques à brûler à tous les Diables, comme dit Maître
François Rabelais. C'eft pourquoi je ne me mêle point
de leurs affaires.

SIXIEME
LETTRE
SUR LES
PRESBYTERIENS.

LA Religion Anglicane ne s'étend qu'en Angle-terre & en Irlande ; le Presbyteranisme est la Religion dominante en Ecosse. Ce Presbyteranisme n'est autre chose que le Calvinisme pur, tel qu'il avoit été établi en France, & qu'il subsiste à Géné-ve. Comme les Prêtres de cette Secte ne reçoivent dans les Eglises que des gages très-médiocres, & que par conséquent ils ne peuvent vivre dans le mê-me luxe que les Evêques, ils ont pris le parti na-turel de crier contre des honneurs où ils ne peuvent atteindre. Figurez-vous l'orgueilleux Diogene, qui fouloit aux pieds l'orgueil de Platon ; les Presby-teriens d'Ecosse ne ressemblent pas mal à ce fier & gueux raisonneur ; ils traiterent Charles Second avec bien moins d'égards que Diogene n'avoit traité Alexandre, car lorsqu'ils prirent les armes pour lui contre Cromwel qui les avoit trompez, ils firent essuyer à ce pauvre Roi quatre Sermons par jour, ils lui défendoient de jouër, ils le mettoient en penitence ; si bien que Charles se lassa bien-tôt d'être Roi de ces pedans, & s'échapa de leurs mains comme un Ecolier se sauve du College.

DEVANT un jeune & vif Bachelier François criaillant le matin dans les Ecoles de Théologie, le soir chantant avec les Dames, un Théologien Anglican est un Caton ; mais ce cas paroît un Galant devant un Presbyterien d'Ecosse. Ce dernier affecte une démarche grave, un air fâché, un vaste chapeau, un long manteau par dessus, un habit court ; prêche du nez, & donne le nom de la Prostituée de Babylone à toutes les Eglises où quelques Ecclesiastiques sont assez heureux d'avoir cinquante mil livres de rente ; & où le peuple est assez bon pour le soufrir & pour les appeller Monseigneur, Votre Grandeur, & Votre Eminence.

CES Messieurs, qui ont aussi quelques Eglises en Angleterre, ont mis les airs graves & sévéres à la mode en ce pays. C'est à eux qu'on doit la sanctification du Dimanche dans les trois Royaumes. Il est défendu ce jour-là de travailler & de se divertir, ce qui est le double de la sévérité des Eglises Catholiques. Point d'Opera, point de Comédies, point de Concerts à Londres le Dimanche ; les Cartes même y sont si expressément deffenduës, qu'il n'y a que les personnes de qualité, & ce qu'on appelle les honnêtes gens, qui jouent ce jour-là, le reste de la Nation va au Sermon, au cabaret, & chez des filles de joye.

Quoique la Secte Episcopale & la Presbyterienne soient les deux dominantes dans la Grande Bretagne, toutes les autres y sont bien venues & vivent assez bien enfemble, pendant que la plûpart-de leurs Préc diquans fe déteftent réciproquement avec prefqu'autant de cordialité qu'un Janfenifte damne un Jefuite,

ENTREZ dans la Bourfe de Londres, cette Place plus refpectable que bien des Cours, dans laquelle s'affemblent les Députés de toutes les Nations pour l'utilité des hommes. Là le Juif, le Mahometan, & & le Chrétien, traite l'un avec l'autre comme s'ils étoient de la même Religion, & ne donnent le nom d'infidéles qu'à ceux qui font banqueroute. Là le Pref byterien fe fie à l'Anabaptifte, & l'Anglican reçoit la promeffe du Quaker. Au fortir de ces pacifiques & libres Affemblées, les uns vont à la Synagogue, les autres vont boire : celui-ci va fe faire baptifer dans une grande cuve au nom du Pere, par le Fils, au St. Efprit : celui-là fait couper le prépuce de fon Fils, & fait marmoter fur l'enfant des paroles Hebraïques qu'il n'entend point : les autres vont dans leur Eglife attendre l'infpiration de Dieu leur chapeau fur la tête, & tous font contens.

S'IL n'y avoit en Angleterre qu'une Religion, le Defpotifme feroit à craindre ; s'il n'y en avoit que deux, elles fe couperoient la gorge, mais il y en a trente, & elles vivent en paix & heureufes.

SEPTIEME
LETTRE

SUR LES

SOCINIENS,

OU

ARIENS,

OU

ANTITRINITAIRES.

IL y a ici une petite Secte composée d'Ecclesiastiques & de quelques séculiers- très-savans, qui ne prennent ni le nom d'Ariens, ni celui de Sociniens, mais qui ne font point du tout de l'avis de St. Athanase, sur le chapitre de la Trinité, & qui vous disent nettement que le Pere est plus grand que le Fils.

Vous souvenez - vous d'un certain Evêque Orthodoxe, qui pour convaincre un Empereur de la Consubstantiation, s'avisa de prendre le Fils de l'Empereur sous le menton & de lui tirer le nez en pre-

fence de fa facrée Majefté. L'Empereur alloit faire
jetter l'Evêque par les fenêtres, quand le bon homme lui dit ces belles & convaincantes paroles : Seigneur, fi Votre Majefté eft fi fâchée que l'on manque de refpect à fon fils, comment penfez-vous que
Dieu le Pere traitera ceux qui refufent à Jefus-Chrift
les titres qui lui font dus ? Les gens dont je vous
parle difent que le St. Evêque étoit fort mal avifé,
que fon argument n'étoit rien moins que concluant
& que l'Empereur devoit lui répondre : Aprenez
qu'il y a deux façons de me manquer de refpect,
la première de ne rendre pas affez d'honneur à mon
fils, & la feconde de lui en rendre autant qu'à moi.

QUOI qu'il en foit, le parti d'Arius commence à
revivre en Angleterre auffi bien qu'en Hollande & en
Pologne. Le grand M. Newton faifoit à cette opinion
l'honneur de la favorifer. Ce Philofophe penfoit que
les Unitaires raifonnoient plus geometriquement que
nous. Mais le plus ferme patron de la doctrine Arien-
ne, eft l'illuftre Docteur Clarke. Cet homme eft d'u-
ne vertu rigide & d'un caractere doux, plus amateur
de fes opinions que paffionné pour faire des profelytes, uniquement occupé de calculs & de dé-
monftrations, une vraye machine à raifonnemens.

C'EST lui qui eft l'Auteur d'un livre affez peu
entendu, & eftimé fur l'exiftence de Dieu, & d'un
autre plus intelligible, mais affez méprifé, fur la
verité de la Religion Chrétienne.

IL ne s'eft point engagé dans de belles difputes
Scholaftiques, que notre ami apelle de venerables
billevefées, il s'eft contenté de faire imprimer un
livre qui contient tous les témoignages des pré-

miers ſiecles pour & contre les Unitaires, & a laiſſé au lecteur le ſoin de compter les voix & de juger. Ce livre du Docteur lui a attiré beaucoup de partiſans ; mais l'a empêché d'être Archevêque de Cantorbery. Je crois que le Docteur s'eſt trompé dans ſon calcul, & qu'il valoit mieux être Primat Orthodoxe d'Angleterre que Curé Arien.

Vous voyez quelles révolutions arrivent dans les opinions comme dans les Empires. Le parti d'Arius après trois cens ans de triomphe, & douze ſiecles d'oubli, renait enfin de ſa cendre ; mais il prend très-mal ſon tems de reparoitre dans un âge où tout le monde eſt raſſaſié de diſputes & de Sectes. Celle-ci eſt encore trop petite pour obtenir la liberté des Aſſemblées publiques, elle l'obtiendra ſans doute ſi elle devient plus nombreuſe, mais on eſt ſi tiede à preſent ſur tout cela, qu'il n'y a plus guére de fortune à faire pour une Religion nouvelle ou renouvellée. N'eſt-ce pas une choſe plaiſante que Luther, Calvin, Zuingle, tous Ecrivains qu'on ne peut lire, ayent fondé des Sectes qui partagent l'Europe, que l'ignorant Mahomet ait donné une Religion à l'Aſie & à l'Afrique ; & que Meſſieurs Newton, Clarke, Locke, le Clerc, &c. les plus grands Philoſophes, & les meilleures plumes de leur tems, ayent pu à peine venir à bout d'établir un petit troupeau qui même diminue tous les jours.

Voila ce que c'eſt que de venir au monde à propos. Si le Cardinal de Retz paroiſſoit aujourd'hui, il n'ameuteroit pas dix femmes dans Paris.

Si Cromwel renaiſſoit, lui qui a fait couper la tête à ſon Roi, & s'eſt fait Souverain, ſeroit un ſimple Marchand de Londres.

HUITIÈME
LETTRE
SUR LE
PARLEMENT.

LES Membres du Parlement d'Angleterre aiment à se comparer aux anciens Romains autant qu'ils le peuvent.

IL n'y a pas long-tems que Mr. Shipping dans
la Chambre des Communes commença son discours par ces mots, *La Majesté du Peuple An-*
glois seroit blessée. La singularité de l'expression causa
un grand éclat de rire ; mais sans se déconcerter,
il répéta les mêmes paroles d'un air ferme, & on
ne rit plus. J'avouë que je ne vois rien de commun entre la Majesté du Peuple Anglois & celle
du Peuple Romain, encore moins entre leurs gouvernemens. Il y a un Senat à Londres dont quelques
Membres sont soupçonnez, quoi qu'à tort sans doû-
te, de vendre leur voix dans l'occasion, comme on
faisoit à Rome : voilà toute la ressemblance ; d'ailleurs les deux Nations me paroissent entierement
differentes, soit en bien, soit en mal. On n'a jamais

mais connu chez les Romains la folie horrible des guerres de Religion ; cette abomination étoit réfervée à des dévots prêcheurs d'humilité & de patience. Marius & Sylla, Pompée & Cefar, Antoine & Augufte, ne fe battoient point pour décider fi le Flamen devoit porter fa chemife par deffus fa robbe, ou la robbe par deffus fa chemife ; & fi les poulets facrez devoient manger & boire, ou bien manger feulement, pour qu'on prît les augures. Les Anglois fe font faits pendre autrefois réciproquement à leurs Affifes, & fe font détruits en bataille rangée pour des querelles de pareilles efpeces. La Secte des Epifcopaux, & le Prefbyterianifme ont tourné, pour un tems, ces têtes ferieufes. Je m'imagine que pareille fottife ne leur arrivera plus, ils me paroiffent devenir fages à leurs dépens, & je ne leur vois nulle envie de s'égorger dorénavant pour des fyllogifmes.

Voici une difference plus effentielle entre Rome & l'Angleterre, qui met tout l'avantage du côté de la derniere, c'eft que le fruit des guerres civiles à Rome a été l'efclavage, & celui des troubles d'Angleterre la liberté. La Nation Angloife eft la feule de la terre, qui foit parvenuë à regler le pouvoir des Rois en leur refiftant, & qui d'efforts en efforts ait enfin établi ce Gouvernement fage, où le Prince tout puiffant pour faire du bien, a les mains liées pour faire le mal, où les Seigneurs font grands fans infolence, & fans vaffaux, & où le peuple partage le Gouvernement fans confufion.

La Chambre des Pairs & celle des Communes font les arbitres de la Nation, le Roi eft le fur-ar-

bitre. Cette balance manquoit aux Romains , les
Grands & le peuple étoient toujours en divifions à
Rome , fans qu'il y eût un pouvoir mitoyen , qui
pût les accorder : le Senat de Rome qui avoit l'injufte & puniffable orgueil de ne vouloir rien parta-
ger avec les Plebeiens , ne connoiffoit d'autre fecret
pour les éloigner du Gouvernement , que de les occuper toujours dans les guerres étrangeres ; ils re-
gardoient le peuple comme une bête feroce qu'il
falloit lâcher fur leurs voifins de peur qu'elle ne
devorât fes maîtres. Ainfi le plus grand défaut du
Gouvernement des Romains en fit des conquerans ;
c'eft parce qu'ils étoient malheureux chez eux qu'ils
devinrent les maîtres du Monde , jufqu'à ce qu'enfin leurs divifions les rendirent efclaves.

Le Gouvernement d'Angleterre n'eft point fait
pour un fi grand éclat , ni pour une fin fi funefte ; fon
but n'eft point la brillante folie de faire des conquêtes , mais d'empêcher que fes voifins n'en faffent. Ce
Peuple n'eft pas feulement jaloux de fa liberté ; il l'eft
encore de celle des autres. Les Anglois étoient achar-
nés contre Louïs XIV. uniquement parce qu'ils lui
croyoient de l'ambition ; ils lui ont fait la guerre de
gayeté de cœur , affurément fans aucun interêt.

Il en a couté fans doute pour établir la liberté en
Angleterre , c'eft dans des mers de fang qu'on a noyé
l'idole du Pouvoir defpotique , mais les Anglois ne
croyent point avoir acheté trop cher de bonnes Loix:
les autres Nations n'ont pas eu moins de troubles ,
n'ont pas verfé moins de fang qu'eux , mais ce fang
qu'elles ont répandu pour la caufe de leur liberté n'a
fait que cimenter leur fervitude.

Ce qui devient une révolution en Angleterre, n'est qu'une sedition dans les autres pays. Une ville prend les armes pour défendre ses privileges, soit en Espagne, soit en Barbarie, soit en Turquie, aussi-tôt des soldats mercenaires la subjuguent, dès bourreaux la punissent, & le reste de la Nation baise ses chaînes. Les François pensent que le Gouvernement de cette Isle est plus orageux que la mer qui l'environne, & cela est vrai, mais c'est quand le Roi commence la tempête, c'est quand il veut se rendre le maître du vaisseau dont il n'est que le premier pilote. Les guerres civiles de France ont été plus longues, plus cruelles, plus fecondes en crimes que celles d'Angleterre; mais de toutes ces guerres civiles aucune n'a eu une liberté sage pour objet.

Dans le tems detestable de Charles IX. & de Henri III. il s'agissoit seulement de savoir si on seroit l'esclave des Guises; pour la derniere guerre de Paris elle ne merite que des sifflets. Il me semble que je vois des Ecoliers qui se mutinent contre le Préfet d'un College, & qui finissent par être fouetez. Le Cardinal de Retz avec beaucoup d'esprit & de courage mal employez, rebelle sans aucun sujet, factieux sans dessein, chef de parti sans Armée, cabaloit pour cabaler, & sembloit faire la guerre civile pour son plaisir. Le Parlement ne savoit ce qu'il vouloit, ni ce qu'il ne vouloit pas. Il levoit des troupes par arrêt, il les cassoit, il menaçoit, il demandoit pardon : il mettoit à prix la tête du Cardinal Mazarin, & ensuite venoit le complimenter en cérémonie. Nos guerres civiles sous Charles VI. avoient été cruelles, celles

C 2

de la Ligue furent abominables, celle de la Fronde
fut ridicule.

Ce qu'on reproche le plus en France aux Anglois,
c'eſt le ſupplice de Charles I. qui fut traité par ſes
vainqueurs comme il les eût traités s'il eût été heu-
heux. Après tout, regardez d'un côté, Charles I. vain-
cu en bataille rangée, priſonnier, jugé, condamné
dans Weſtminſter, & décapité ; & de l'autre l'Empereur Henri VII. empoiſonné par ſon Chapelain en
communiant, Henri III. aſſaſſiné par un Moine,
trente aſſaſſinats médités contre Henri IV. pluſieurs
exécutez, & le dernier privant enfin la France de ce
grand Roi : peſez ces attentats, & jugez.

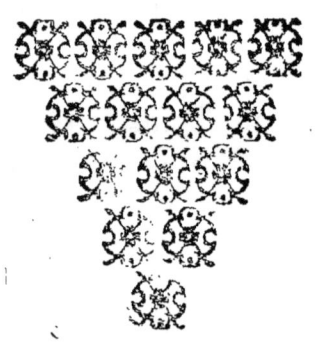

NEUVIEME LETTRE

SUR LE

GOUVERNEMENT.

CE mélange dans le Gouvernement d'Angleterre, ce concert entre les Communes, les Lords, & le Roi, n'a pas toujours subsisté. L'Angleterre a été long-tems esclave, elle l'a été des Romains, des Saxons, des Danois, des François. Guillaume le Conquerant la gouverna sur tout avec un sceptre de fer. Il disposoit des biens, de la vie de ses nouveaux Sujets, comme un Monarque de l'Orient ; il défendit sous peine de mort qu'aucun Anglois osât avoir du feu, & de la lumiere chez lui passé huit heures du soir ; soit qu'il prétendit par-là prévenir leurs assemblées nocturnes, soit qu'il voulût essayer par une défense si bizarre jusqu'où peut aller le pouvoir des hommes sur d'autres hommes. Il est vrai qu'avant & après Guillaume le Conquerant les Anglois ont eu des Parlemens, ils s'en vantent, comme si ces Assemblées, apellées alors Parlemens, composées de tyrans Ecclesiastiques & de pillars nommés Barons, avoient été les gardiens de la Liberté & de la felicité publique.

C 3

Les Barbares qui des bords de la mer Baltique fondirent dans le reste de l'Europe, aporterent avec eux l'usage de ces Etats ou Parlemens, dont on fait tant de bruit & qu'on connoît si peu ; les Rois alors n'étoient point despotiques, cela est vrai, mais les peuples n'en gémissoient que plus dans une servitude miserable ; les chefs de ces Sauvages qui avoient ravagé la France, l'Italie, l'Espagne, & l'Angleterre, se firent Monarques. Leurs Capitaines partagérent entre eux les terres des vaincus, de-là ces Margraves, ces Lairds, ces Barons, ces Sous-Tirans, qui disputoient souvent avec leur Roi les dépouilles des peuples. C'étoient des oiseaux de proye combattans contre un aigle pour sucer le sang des colombes, chaque Peuple avoit cent Tyrans au lieu d'un Maître. Les Prêtres se mirent bien-tôt de la partie ; de tout tems le sort des Gaulois, des Germains, des Insulaires d'Angleterre, avoit été d'être gouvernez par leurs Druides, & par les Chefs de leurs villages, ancienne espece de Barons, mais moins tirans que leurs successeurs. Ces Druides se disoient médiateurs entre la Divinité & les hommes, ils faisoient des Loix, ils excommunioient, ils condamnoient à la mort. Les Evêques succéderent peu à peu à leur autorité temporelle dans le Gouvernement Goth & Vandale. Les Papes se mirent à leur tête, & avec des Brefs, des Bulles, & des Moines, ils firent trembler les Rois, les dépoférent, les firent assassiner & tirerent à eux tout l'argent qu'ils purent de l'Europe. L'imbecille Ina, l'un des Tirans de la Heptarchie d'Angleterre, fut le premier qui dans un pelerinage à Rome, se soumit à payer le denier de St. Pierre (ce

qui étoit environ un écu de notre monoye) pour chaque maison de son territoire. Toute l'Isle suivit bien-
tôt cet exemple, l'Angleterre devint petit à petit une
Province du Pape, le St. Pere y envoyoit de tems en
tems ses Légats pour y lever des impôts exhorbitans,
Jean sans terre fit enfin une cession en bonne forme
de son Royaume à Sa Sainteté qui l'avoit excommunié, & les Barons qui n'y trouverent pas leur compte chasserent ce miserable Roi, ils mirent à sa place
Louis VIII. Pere de St. Louis Roi de France. Mais
ils se dégoutérent bientôt de ce nouveau venu & lui
firent repasser la mer.

T A N D I S que les Barons, les Evêques, les Papes déchiroient tous ainsi l'Angleterre, où tous vouloient commander ; le Peuple, la plus nombreuse,
la plus utile, la plus vertueuse même, & par conséquent la plus respectable partie des hommes, composée de ceux qui étudient les Loix & les Sciences,
des Négocians, des Artisans ; en un mot, de tout ce
qui n'étoit point Tiran, le Peuple, dis-je, étoit regardé par eux comme des animaux au-dessous de
l'homme. Il s'en falloit bien que les Communes
eussent alors part au Gouvernement, c'étoit des Vilains, leur travail, leur sang apartenoient à leurs Maîtres qui s'appelloient Nobles. Le plus grand nombre des hommes étoit en Europe ce qu'ils sont encore en plusieurs endroits du monde, serfs d'un Seigneur, espece de bétail qu'on vend & qu'on achette
avec la terre. Il a falu des siecles, pour rendre justice
à l'humanité, pour sentir qu'il étoit horrible que le
grand nombre semât & que le petit recueillît, &
n'est-ce pas un bonheur pour les François que l'au-

C 4

torité de ces petits brigands ait été éteint en France
par la puiſſance légitime des Rois & du Peuple?

HEUREUSEMENT dans les ſecouſſes que les
querelles des Rois & des Grands donnoient aux
Empires, les fers des Nations ſe ſont plus ou moins
relâchez, la Liberté eſt née en Angleterre des querelles des Tyrans. Les Barons forcerent Jean ſans
terre & Henri III. à accorder cette fameuſe Charte
dont le principal but étoit à la verité de mettre les
Rois dans la dépendance des Lords, mais dans laquelle le reſte de la Nation fut un peu favoriſée,
afin que dans l'occaſion elle ſe rangeât du parti de
ſes prétendus protecteurs. Cette grande Charte,
qui eſt regardée comme l'origine ſacrée des Liber-
tez Angloiſes, fait bien voir elle-même combien
peu la Liberté étoit connuë; le titre ſeul prouve
que le Roi ſe croyoit abſolu de droit, & que les
Barons & le Clergé même ne le forçoient à ſe re-
lâcher de ce droit prétendu que parce qu'ils étoient
les plus forts.

VOICI comme commence la grande Charte :
„ Nous accordons de notre libre volonté les pri-
„ vileges ſuivans aux Archevêques, Evêques, Ab/
„ bez, Prieurs & Barons de notre Royeume, &c.

DANS les articles de cette Charte il n'eſt pas
dit un mot de la Chambre des Communes, preuve qu'elle n'exiſtoit pas encore, ou qu'elle exiſtoit
ſans pouvoir; on y ſpecifie les hommes libres d'Angleterre, triſte démonſtration qu'il y en avoit qui
ne l'étoient pas; on voit par l'article XXXII. que
les hommes prétendus libres devoient des ſervices
à leur Seigneur. Une telle Liberté tenoit encore
beaucoup de l'eſclavage.

PAR l'article XXI. le Roi ordonne que ſes Of-
ficiers ne pourront dorénavant prendre de force les
chevaux & les charettes des hommes libres qu'en
payant. Ce reglement parut au Peuple une vraie
Liberté, parce qu'il ôtoit une plus grande Tirannie.
Henri VII. Uſurpateur heureux & grand Politique,
qui faiſoit ſemblant d'aimer les Barons, mais qui
les haïſſoit & les craignoit, s'aviſa de procurer l'a-
lienation de leurs terres. Par-là les Vilains qui dans
la ſuite aquirent du bien par leurs travaux, achete-
rent les Châteaux des illuſtres Pairs qui s'étoient
ruïnez par leur folie, peu-à-peu toutes les terres
changerent de maître.

LA Chambre des Communes devint de jour en
jour plus puiſſante. Les familles des anciens Pairs
s'éteignirent avec le tems, & comme il n'y a pro-
prement que les Pairs qui ſoient Nobles en Angleterre, dans la rigueur de la Loi il n'y auroit
plus du tout de Nobleſſe en ce pays-là, ſi les Rois
n'avoient pas créé de nouveaux Barons de tems en
tems, & conſervé le corps des Pairs qu'ils avoient
tant crains autrefois, pour l'opoſer à celui des Communes devenu trop redoutable.

TOUS ces nouveaux Pairs qui compoſent la
Chambre haute, reçoivent du Roi leur titre & rien
de plus, preſqu'aucun d'eux n'a la terre dont il porte le nom. L'un eſt Duc de Dorſet, & n'a pas un
pouſe de terre en Dorſetshire; l'autre eſt Comte d'un
Village, qui ſait à peine où ce Village eſt ſitué. Ils
ont du pouvoir dans le Parlement, non ailleurs.

VOUS n'entendez point ici parler de haute,
moyenne & baſſe Juſtice, ni du droit de chaſſer

fur les terres d'un Citoyen, lequel n'a pas la liberté de tirer un coup de fufil fur fon propre champ,

Un homme, parce qu'il eft Noble ou Prêtre, n'eft point ici exempt de payer certaines taxes : tous les impôts font reglez par la Chambre des Communes, qui n'étant que la feconde par fon rang eft la premiere par fon crédit.

Les Seigneurs & les Evêques peuvent bien rejetter le Bill des Communes, lorfqu'il s'agit de lever de l'argent, mais il ne leur eft pas permis d'y rien changer ; il faut ou qu'ils le reçoivent ou qu'ils le rejettent fans reftriction. Quand le Bill eft confirmé par les Lords & approuvé par le Roi, alors tout le monde paye, chacun donne non felon fa qualité (ce qui feroit abfurde) mais felon fon revenu. Il n'y a point de taille, ni de capitation arbitraire, mais une taxe réelle fur les terres ; elles ont toutes été évaluées fous le fameux Roi Guillaume Trois.

La taxe fubfifte toujours la même, quoi-que les revenus des terres ayent augmenté ; ainfi perfonne n'eft foulé & perfonne ne fe plaint, le paifan n'a point les pieds meurtris par des fabots, il mange du pain blanc, il eft bien vêtu, il ne craint point d'augmenter le nombre de fes beftiaux, ni de couvrir fon toit de tuiles, de peur que l'on ne hauffe fes impôts l'année d'après. Il y a ici beaucoup de Paifans qui ont environ cinq ou fix cens livres Sterling de revenu, & qui ne dédaignent pas de continuer à cultiver la terre qui les a enrichis & dans laquelle ils vivent libres.

DIXIEME
LETTRE
SUR LE
COMMERCE.

LE Commerce, qui a enrichi les Citoyens en Angleterre, a contribué à les rendre libres, & cette liberté a étendu le commerce à son tour ; delà s'est formée la grandeur de l'Etat. C'est le commerce qui a établi peu-à-peu les forces navales, par qui les Anglois sont les maîtres des mers ; ils ont à présent près de deux cens vaisseaux de guerre. La posterité aprendra peut-être avec surprise qu'une petite Isle, qui n'a de soi-même qu'un peu de plomb, de l'étain, de la terre à foulon & de la laine grossiere, est devenuë par son commerce assez puissante pour envoyer en 1723. trois Flottes à la fois en trois extrémitez du Monde ; l'une devant Gibraltar, conquise & conservée par ses armes ; l'autre à Portobello pour ôter au Roi d'Espagne la jouissance des trésors des Indes ; & la troisiéme dans la Mer Baltique pour empêcher les Puissances du Nord de se battre.

QUAND Louis XIV. faifoit trembler l'Italie, & que fes Armées déja maîtreffes de la Savoye & du Piémont, étoient prêtes de prendre Turin, il fallut que le Prince Eugene marchât du fond de l'Allemagne au fecours du Duc de Savoye. Il n'avoit point d'argent ; fans quoi on ne prend ni ne défend les villes ; il eut recours à des Marchands Anglois. En une demie heure de tems on lui prêta cinq millions, avec cela il délivra Turin, battit les François & écrivit à ceux qui avoient prêté cette fomme ce petit billet ; ,, Meffieurs, j'ai reçu votre ,, argent, & je me flatte de l'avoir employé à votre ,, fatisfaction. Tout cela donne un jufte orgueil à un Marchand Anglois, & fait qu'il ofe fe comparer, non fans quelque raifon à un Citoyen Romain ; auffi le cadet d'un Pair du Royaume ne dédaigne point le négoce. Mylord Townshend Miniftre d'Etat, a un frere qui fe contente d'être Marchand dans la Cité ; dans le tems que Mylord Oxford gouvernoit l'Angleterre, fon cadet étoit facteur à Alep, d'où il ne voulut pas revenir & où il eft mort. Cette coutume, qui pourtant commence trop à fe paffer, paroît monftrueufe à des Allemands entêtez de leur quartier : ils ne fauroient concevoir que le fils d'un Pair d'Angleterre, ne foit qu'un riche & puiffant Bourgeois, au lieu qu'en Allemagne tout eft Prince. On a vu jufqu'à trente Alteffes du même nom n'ayant pour tout bien que des armoiries & de l'orgueil.

En France eft Marquis qui veut, & quiconque arrive à Paris du fond d'une Province avec de l'argent à dépenfer, & un nom en *ac* ou en *ille*, peut dire *un homme comme moi ! un homme de ma qualité !* & mépriſer ſouverainement un Négociant ; le Négociant entend lui-même parler ſi ſouvent avec dédain de ſa profeſſion qu'il eſt aſſez ſot pour en rougir. Je ne ſais pourtant lequel eſt le plus utile à un Etat , ou un Seigneur bien poudré , qui ſait préciſément à quelle heure le Roi ſe leve , à quelle heure il ſe couche, & qui ſe donne des airs de grandeur en jouant le rôlle d'eſclave dans l'Antichambre d'un Miniſtre ; ou un Négociant qui enrichit ſon pays , donne de ſon cabinet des ordres à Suratte & au Caire, & contribuë au bonheur du monde.

ONZIE'ME LETTRE

SUR

L'INSERTION

DE LA

PETITE VEROLE.

ON dit doucement dans l'Europe Chrétienne, que les Anglois font des fous, & des enragez; des fous, parce qu'ils donnent la petite Verole à leurs enfans pour les empêcher de l'avoir; des enragez, parce qu'ils communiquent de gayeté de cœur à ces enfans une maladie certaine & affreufe dans la vuë de prévenir un mal incertain. Les Anglois de leur côté difent, les autres Européans font des lâches & des dénaturez; ils font lâches, en ce qu'ils craignent de faire un peu de mal à leurs enfans; dénaturez, en ce qu'ils les expofent à mourir un jour de la petite Verole. Pour juger laquelle des deux Nations a raifon, voici l'hiftoire de cette fameufe Infertion dont on parle en France avec tant d'effroi.

Les femmes de Circaſſie ſont, de tems immémorial, dans l'uſage de donner la petite Verole à leurs enfans, même à l'âge de ſix mois, en leur faiſant une inciſion au bras, & en inférant dans cette inciſion une puſtule qu'elles ont ſoigneuſement énlevée du corps d'un autre enfant. Cette puſtule fait dans le bras où elle eſt inſinuée, l'effet du levain dans un morceau de pâte; elle y fermente & répand dans la maſſe du ſang les qualitez dont elle eſt empreinte. Les boutons de l'enfant, à qui l'on a donné cette petite Verole artificielle, ſervent à porter la même maladie à d'autres. C'eſt une circulation preſque continuelle en Circaſſie, & quand malheureuſement il n'y a point de petite Verole dans le pays, on eſt auſſi embarraſſé, qu'on l'eſt ailleurs dans une mauvaiſe année.

Ce qui a introduit en Circaſſie cette coutume, qui paroît ſi étrange à d'autres Peuples, eſt pourtant une cauſe commune à tous les Peuples de la Terre; c'eſt la tendreſſe maternelle & l'intérêt.

Les Circaſſiens ſont pauvres, & leurs filles ſont belles, auſſi ce ſont elles dont ils font le plus de trafic. Ils fourniſſent de beautez les Harems du Grand Seigneur, du Sophi de Perſe, & de ceux qui ſont aſſez riches pour acheter & pour entretenir cette marchandiſe précieuſe. Ils élevent ces filles en tout bien & en tout honneur à careſſer les hommes, à former des danſes pleines de civilité & de moleſſe, à rallumer par tous les artifices les plus voluptueux, le goût des maîtres dédigneux à qui elles ſont deſtinées. Ces pauvres créatures répétent tous les jours leur leçon avec leur mere, comme nos petites filles répétent leur catechifme fans y rien comprendre.

O R il arrivoit fouvent qu'un pere & une mere, après avoir bien pris des peines pour donner une bonne éducation à leurs enfans, fe voyoient tout d'un coup fruftrez de leur efperance. La petite Verole fe mettoit dans la famille, une fille en mouroit, une autre perdoit un œil, une troifiéme relevoit avec un gros nés, & les pauvres gens étoient ruinez fans reffource. Souvent même quand la petite Verole devenoit épidemique, le Commerce étoit interrompu pour plufieurs années, ce qui caufoit une notable diminution dans les Serrails de Perfe & de Turquie.

U N E Nation commerçante eft toujours fort allerte fur fes-intérêts, & ne néglige rien des connoiffances qui peuvent être utiles à fon Négoce; les Circaffiens s'aperçurent que fur mille perfonnes il s'en trouvoit à peine une feule qui fut attaquée deux fois d'une petite Verole bien complette, qu'à la vérité on effuye quelquefois trois ou quatre petites Veroles legeres; mais jamais deux qui foient décidées & dangereufes; qu'en un mot, jamais on n'a véritablement cette maladie deux fois en fa vie; ils remarquerent encore que quand les petites Veroles font très-benignes, & que leur éruption ne trouve à percer qu'une peau delicate & fine, elles ne laiffent aucune impreffion fur le vifage; de ces obfervations naturelles ils conclurent que fi un enfant de fix mois, ou d'un an, avoit une petite Verole benigne, il n'en mourroit pas, il n'en feroit pas marqué, & feroit quitte de cette maladie pour le refte de fes jours.

I L reftoit donc pour conferver la vie & la beauté de leurs enfans, de leur donner la petite Verole de

bonne

bonne heure ; c'est ce que l'on fit en inférant dans le corps d'un enfant un bouton que l'on prit de la petite Verole la plus complette , & en même tems la plus favorable qu'on pût trouver.

L'EXPERIENCE ne pouvoit pas manquer de réuſſir. Les Turcs qui ſont gens ſenſez adopterent bientôt après cette coûtume , & aujourd'hui il n'y a point de Bacha dans Conſtantinople qui ne donne la petite Verole à ſon fils & à ſa fille en les faiſant ſévrer.

Il y a quelque gens qui prétendent que les Circaſſiens prirent autrefois cette coutume des Arabes ; mais nous laiſſons ce point d'hiſtoire à éclaircir par quelque ſavant Benedictin qui ne manquera pas de compoſer là-deſſus pluſieurs volumes *in-folio* avec les preuves. Tout ce que j'ai à dire ſur cette matiere, c'eſt que dans le commencement du regne de George I. Madame de Wortley Montaigu , une des femmes d'Angleterre qui a le plus d'eſprit , & le plus de force dans l'eſprit , étant avec ſon mari en Ambaſſade à Conſtantinople , s'aviſa de donner ſans ſcrupule la petite Verole à un enfant dont elle étoit accouchée en ce pays. Son Chapelain eut beau lui dire que cette expérience n'étoit pas Chrétienne , & ne pouvoit réuſſir que chez des Infidéles. Le fils de Madame de Wortley s'en trouva à merveille. Cette Dame de retour à Londres fit part de ſon experience à la Princeſſe de Galles qui eſt aujourd'hui Reine. Il faut avouer que , Titres & Couronnes à part , cette Princeſſe eſt née pour encourager tous les Arts , & pour faire du bien aux hommes, c'eſt un Philoſophe aimable ſur le thrône ; elle n'a jamais perdu ni une occaſion de s'inſtruire , ni une occasion d'exercer sa générosité. C'est elle qui ayant entendu dire qu'une fille de Milton vivoit encore, & vivoit dans la misere, lui envoya sur le champ un present considerable ; c'est elle qui protege le savant Pere le Courayer ; c'est elle qui daigna être la médiatrice entre le Docteur Clark & Mr. Leibnitz. Dès qu'elle eut entendu parler de l'Inoculation ou insertion de la petite Verole, elle en fit faire l'épreuve sur quatre Criminels condamnez à la mort, à qui elle sauva doublement la vie ; car non-seulement elle les tira de la potence, mais à la faveur de cette petite Verole artificielle, elle prévint la naturelle qu'ils auroient probablement euë, & dont ils seroient morts dans un âge plus avancé.

La Princesse assurée de l'utilité de cette épreuve, fit inoculer ses enfans. L'Angleterre suivit son exemple, & depuis ce tems dix mil enfans de famille, au moins, doivent ainsi la vie à la Reine & à Madame Vortley Montaigu, & autant de filles leur doivent leur beauté.

Sur cent personnes dans le monde soixante au moins ont la petite Verole ; de ces soixante vingt en meurent dans les années les plus favorables, & vingt en conservent pour toujours de fâcheux restes. Voilà donc la cinquiéme partie des hommes que cette maladie tuë ou enlaidit sûrement. De tous ceux qui sont inoculez en Turquie ou en Angleterre, aucun ne meurt s'il n'est infirme & condamné à mort ; d'ailleurs personne n'est marqué, aucun n'a la petite Verole une seconde fois, suposé que l'Inoculation ait été parfaite. Il est donc certain que si quelqu'Ambassadrice Françoise avoit raporté ce secret de Constantinople à

Paris, elle auroit rendu un fervice éternel à la Nation. Le Duc de Villequier, Pere du Duc d'Aumont d'aujourd'hui, l'homme de France le mieux conftitué & le plus fain, ne feroit pas mort à la fleur de fon âge : le Prince de Soubife, qui avoit la fanté la plus brillante, n'auroit pas été emporté à l'âge de vingt-cinq ans : Monfeigneur Grand - Pere de Louïs XV. n'auroit pas été enterré dans fa cinquantiéme année. Vingt mil perfonnes mortes à Paris de la petite Verole en 1723. vivroient encore. Quoi donc ? Eft-ce que les François n'aiment point la vie ? Eft-ce que leurs femmes ne fe foucient point de leur beauté ? En vérité nous fommes d'étranges gens, peut-être dans dix ans prendra-t'on cette méthode Angloife, fi les Curez & les Medecins le permettent, ou bien les François dans trois mois, fe ferviront de l'Inoculation par fantaifie, fi les Anglois s'en dégoutent par inconftance.

J'APRENDS que depuis cent ans les Chinois font dans cet ufage ; c'eft un grand préjugé que l'exemple d'une Nation qui paffe pour être la plus fage & la mieux policée de l'Univers. Il eft vrai que les Chinois s'y prennent d'une façon differente, ils ne font point d'incifion ; ils font prendre la petite Verole par le nez comme du tabac en poudre, cette façon eft plus agréable ; mais elle revient au même ; & fert également à confirmer que fi on avoit pratiqué l'inoculation en France, on auroit fauvé la vie à des milliers d'hommes.

DOUZIÈME
LETTRE
SUR LE
CHANCELIER BACON.

IL n'y a pas long-tems que l'on agitoit dans une compagnie célébre, cette question usée & frivole. Quel étoit le plus grand homme qu'il y ait eu sur la terre, si c'étoit Cesar, Alexandre, Tamerlan, Cromwel, &c.

QUELQU'UN répondit que c'étoit sans contredit Isaac Newton. Cet homme avoit raison ; car si la vraye Grandeur consiste à avoir reçu du Ciel un puissant genie, & à s'en être servi pour s'éclairer soi-même & les autres ; un homme comme M. Newton, tel qu'il s'en trouve à peine en dix siecles, est véritablement le grand homme ; & ces Politiques & ces Conquérans dont aucun siecle n'a manqué, ne sont d'ordinaire que d'illustres méchans. C'est à celui qui domine sur les esprits par la force de la Verité, non à ceux qui font des esclaves par violence, c'est à celui qui connoît l'Univers, non à ceux qui le défigurent, que nous devons nos refpects.

Puis donc que vous exigez que je vous parle des hommes célébres qu'a porté l'Angleterre, je commencerai par les Bacons, les Lockes . & les Newtons, &c. Les Généraux & les Miniftres viendront à leur tour.

Il faut commencer par le fameux Comte de Verulam, connu en Europe fous le nom de BACON, qui étoit fon nom de famille. Il étoit fils d'un Garde des Sceaux, & fut long-tems Chancelier fous le Roi Jacques I. Cependant au milieu des intrigues de la Cour, & des occupations de fa Charge, qui demandoient un homme tout entier, il trouva le tems d'être grand Philofophe, bon Hiftorien, & Ecrivain élégant ; & ce qui eft encore plus étonnant, c'eft qu'il vivoit dans un fiecle où l'on ne connoiffoit guére l'Art de bien écrire, encore moins la bonne Philofophie. Il a été, comme c'eft l'ufage parmi les hommes, plus eftimé après fa mort que de fon vivant. Ses ennemis étoient à la Cour de Londres, fes admirateurs étoient les étrangers.

Lorsque le Marquis d'Effiat amena en Angleterre la Princeffe Marie, fille d'Henri le Grand, qui devoit époufer le Roi Charles, ce Miniftre alla vifiter Bacon, qui alors étant malade au lit le reçut les rideaux fermez. Vous reffemblez aux Anges, lui dit d'Effiat ; on entend toujours parler d'eux, on les croit bien fuperieurs aux hommes, & on a jamais la confolation de les voir.

Vous favez comment Bacon fut accufé d'un crime qui n'eft guére d'un Philofophe, de s'être laiffé

corrompre par argent. Vous favez comment il fut
condamné par la Chambre des Pairs à une amende
d'environ quatre cens mil livres de notre monnoye, à
perdre fa dignité de Chancelier & de Pair. Aujour-
d'hui les Anglois révérent fa mémoire, au point qu'à
peine avoüent-ils qu'il ait été coupable. Si vous me
demandez ce que j'en pense, je me fervirai pour répondre d'un mot que j'ai ouï dire à Mylord Bolingbroke : On parloit en fa prefence de l'avarice dont
le Duc de Marlborourgh avoit été accufé, & on en
citoit des traits, fur lefquels on apelloit au témoignage de Mylord Bolingbroke, qui ayant été d'un
parti contraire pouvoit peut-être avec bienféance dire
ce qui en étoit : C'étoit un fi grand homme, répondit-
il, que j'ai oublié fes vices.

Je me bornerai dont à vous parler de ce qui a
mérité au Chancelier Bacon l'eftime de l'Europe.

Le plus fingulier, & le meilleur de fes Ouvrages,
eft celui qui eft aujourd'hui le moins lû, & le plus utile ; je veux parler de fon *Novum Scientiarum Organum*.
C'eft l'échaffaut avec lequel on a bâti la nouvelle Philofophie, & quand cet édifice a été élevé, au moins
en partie, l'échaffaut n'a plus été d'aucun ufage.

Le Chancelier Bacon ne connoiffoit pas encore la
nature ; mais il favoit & indiquoit tous les chemins
qui ménent à elle. Il avoit méprifé de bonne heure ce
que les Univerfitez apelloient la Philofophie, & il
faifoit tout ce qui dépendoit de lui, afin que
ces Compagnies inftituées pour la perfection de la
Raifon humaine, ne continuaffent pas de la gâter
par leurs quiddités, leurs horreurs du vuide, leurs
formes fubftantielles, & tous ces mots impertinens,

que non-feulement l'ignorance rendoit refpectables ,
mais qu'un mélange ridicule avec la Religion avoient
.rendu facrez.

Il eft le Pere de la Philofophie expérimentale. Il
eft bien vrai qu'avant lui on avoit découvert des fe-
crets étonnans ; on avoit inventé la Bouffole , l'Imprimerie , la gravure des Eftampes , la Peinture à l'Huile,
les Glaces , l'Art de rendre en quelque façon la vûë
aux Vieillards par les Lunettes qu'on apelle Befîcles, la
poudre à canon , *&c.* On avoit cherché , trouvé , &
conquis un nouveau Monde. Qui ne croiroit que ces
fublimes découvertes euffent été faites par les plus
grands Philofophes , & dans des tems bien plus éclairez que le nôtre ? Point du tout, c'eft dans le tems de la
plus ftupide barbarie que ces grands changemens ont
été faits fur la terre. Le hazard feul a produit prefque
toutes ces inventions , & il y a même bien de l'a-
parence que ce qu'on apelle Hazard a eu grande part
dans la découverte de l'Amerique ; du moins a-t'on
toujours crû que Chriftophle Colomb n'entreprit fon
voyage que fur la foi d'un Capitaine de Vaiffeau ,
qu'une tempête avoit jetté jufqu'à la hauteur des Ifles
Caraïbes. Quoi-qu'il en foit , les hommes favoient
aller au bout du monde. Ils favoient détruire des
Villes avec un tonnerre artificiel plus terrible que
le tonnerre véritable ; mais ils ne connoiffoient pas
la Circulation du Sang , la pefanteur de l'Air , les
Loix du Mouvement , la Lumiere , le nombre de
nos Planettes , &c. Et un homme qui foutenoit
une Théfe fur les Categories d'Ariftote , fur l'Univerfel *à parte rei* , ou telle autre fotife , étoit regardé comme un prodige.

LES inventions les plus étonnantes & les plus utiles ne font pas celles qui font le plus d'honneur à l'Esprit humain. C'est à un instinct méchanique, qui est chez la plûpart des hommes, que nous devons la plûpart des Arts, & nullement à la saine Philosophie.

LA découverte du Feu, l'Art de faire du Pain, de fondre & de préparer les Métaux, de bâtir des Maisons, l'invention de la Navette, font d'une toute autre nécessité que l'Imprimerie & la Boussole. Cependant ces Arts furent inventez par des hommes encore sauvages.

QUEL prodigieux usage les Grecs & les Romains ne firent-ils pas depuis des Méchaniques! Cependant on croyoit de leur tems qu'il y avoit des Cieux de Cristal, & que les Etoiles étoient de petites Lampes qui tomboient quelquefois dans la mer; & un de leurs plus grands Philosophes après bien des recherches avoit trouvé que les Astres étoient des cailloux qui s'étoient détachez de la Terre.

EN un mot, personne avant le Chancelier Bacon n'avoit connu la Philosophie expérimentale, & de toutes les épreuves Physiques qu'on a faites depuis lui, il n'y en a presque pas une qui ne soit indiquée dans son Livre. Il en avoit fait lui-même plusieurs. Il fit des especes de machines Pneumatiques par lesquelles il devina l'Elasticité de l'Air. Il a tourné tout autour de la découverte de sa pesanteur. Il y touchoit; cette vérité fut saisie par Torricelli. Peu de tems après, la Physique expérimentale commença tout-d'un-coup à être cultivée à la fois dans presque toutes les parties de l'Europe. C'étoit un

tréfor caché dont Bacon s'étoit douté , & que tous
les Philofophes encouragez par fa promeffe s'effor-
cerent de déterrer.

M A I S ce qui m'a le plus furpris , ç'a été de voir
dans fon Livre , en termes exprès , cette Attraction
nouvelle dont M. Newton paffe pour l'Inventeur.

I L faut chercher , dit Bacon , s'il n'y auroit point
une efpece de force Magnetique qui opere entre la
Terre & les chofes pefantes , entre la Lune & l'O-
céan , entre les Planetes , &c. En un autre endroit il
dit , il faut ou que les corps graves foient pouffez
vers le centre de la Terre , ou qu'ils en foient mu-
tuellement attirez ; & en ce dernier cas, il eft évident
que plus les corps en tombant s'approcheront de la
Terre , plus fortement ils s'attireront. Il faut , pour-
fuit-il , experimenter fi la même Horloge à poids ira
plus vîte fur le haut d'une Montagne , ou au fond
d'une Mine. Si la force des poids diminuë fur la Montagne & augmente dans la Mine , il y a apparence
que la Terre a une vraïe attraction.

C E précurfeur de la Philofophie a été auffi un
Ecrivain élegant , un Hiftorien , un bel Efprit.

S E S Effais de Morale font très-eftimez , mais ils
font faits pour inftruire plûtôt que pour plaire : &
n'étant ni la Satire de la Nature humaine , comme
les Maximes de M. de la Rochefoucault , ni l'école
du Scepticifme , comme Montagne , ils font moins
lus que ces deux livres ingénieux.

L A Vie de Henri VII. a paffé pour un Chef-d'Oeu-
vre ; mais comment fe peut-il faire que quelques
perfonnes ofent comparer un fi petit Ouvrage avec
l'Hiftoire de notre illuftre M. de Thou ?

EN parlant de ce fameux Imposteur Perkin, fils d'un Juif converti, qui prit si hardiment le nom de Richard IV. Roi d'Angleterre, encouragé par la Duchesse de Bourgogne, & qui disputa la Couronne à Henri VII. voici comme le Chancelier Bacon s'exprime : Environ ce tems le Roi Henri fut obsedé d'esprit malin par la magie de la Duchesse de Bourgogne, qui évoqua des enfers l'ombre d'Edouard IV, pour venir tourmenter le Roi Henri.

QUAND la Duchesse de Bourgogne eut instruit Perkin, elle commença à déliberer par quelle region du Ciel elle feroit paroître cette Comete, & elle résolut qu'elle éclateroit d'abord sur l'horison de l'Irlande.

IL me semble que notre sage de Thou ne donne guére dans ce Phœbus, qu'on prenoit autrefois pour du Sublime, mais qu'à present on nomme avec raison Galimatias.

TREIZIEME
LETTRE
SUR
Mr. LOCKE.

JAMAIS il ne fut peut-être un efprit plus fage, plus méthodique, un Logicien plus exact, que Monfieur Locke ; cependant il n'étoit pas grand Mathématicien. Il n'avoit jamais pû fe foumettre à la fatigue des calculs, ni à la féchereffe des véritez Mathématiques, qui ne prefente d'abord rien de fenfible à l'efprit ; & perfonne n'a mieux prouvé que lui, qu'on pouvoit avoir l'efprit Géometre fans le fecours de la Géométrie. Avant lui de grands Philofophes avoient décidé pofitivement ce que c'eft que l'Ame de l'homme, mais puifqu'ils n'en favoient rien du tout, il eft bien jufte qu'ils ayent tous été d'avis differens.

DANS la Grece, berceau des Arts & des Erreurs, & où on pouffa fi loin la grandeur & la fottife de l'efprit humain, on raifonnoit comme chez nous fur l'Ame.

LE divin Anaxagoras, à qui on dreffa un autel pour avoir apris aux hommes que le Soleil étoit plus grand que le Peloponnese, que la neige étoit noire & que les Cieux étoient de pierre, affirma que l'Ame étoit un Esprit aërien, mais cependant immortel. Diogene, un autre que celui qui devint Cynique après avoir été faux monnoyeur, assuroit que l'ame étoit une portion de la substance même de Dieu; & cette idée au moins étoit brillante. Epicure la composoit de parties comme le corps.

ARISTOTE, qu'on a expliqué de mille façons, parce qu'il étoit inintelligible, croyoit, si l'on s'en rapporte à quelques-uns de ses Disciples, que l'Entendement de tous les hommes étoit une seule & même Substance.

LE divin Platon, Maître du divin Aristote, & le divin Socrate, Maître du divin Platon, disoient l'Ame corporelle & éternelle. Le Démon de Socrate lui avoit apris sans doute ce qui en étoit. Il y a des gens à la vérité qui prétendent qu'un homme qui se vantoit d'avoir un Genie familier, étoit indubitablement un fou, ou un fripon, mais ces gens-là sont trop difficiles.

QUANT à nos Peres de l'Eglise, plusieurs dans les premiers siecles ont crû l'Ame humaine, les Anges & Dieu corporels. Le monde se raffine toujours. St. Bernard, selon l'avis du Pere Mabillon, enseigna à propos de l'Ame, qu'après la mort elle ne voyoit pas Dieu dans le Ciel, mais qu'elle conversoit seulement avec l'Humanité de Jesus-Christ. On ne le crut pas cette fois sur sa parole, l'avanture de la Croisade avoit un peu décredité ses oracles. Mille Scholastiques sont venus ensuite, comme le Docteur irréfragable *, le Docteur subtil †, le Docteur

* Hales.   † Scot.

Angélique *, le Docteur Seraphique †, le Docteur Cherubique ; qui tous ont été bien sûrs de connoî- tre l'Ame très-clairement , mais qui n'ont pas laissé d'en parler comme s'ils avoient voulu que personne n'y entendît rien. Notre Descartes né non pour découvrir les erreurs de l'Antiquité , mais pour y substituer les siennes , & entraîné par cet Esprit systé- matique qui aveugle les plus grands hommes , s'ima- gina avoir démontré que l'Ame étoit la même chose que la Pensée , comme la Matiere selon lui est la même chose que l'Etenduë. Il assura bien que l'on pense toujours, & que l'Ame arrive dans le corps pourvuë de toutes les notions métaphysiques, con- noissant Dieu, l'espace infini, ayant toutes les idées abstraites , remplie enfin de belles connoissances qu'elle oublie malheureusement en sortant du ventre de la mere.

L E P. M A L L E B R A N C H E de l'Oratoire dans ses illusions sublimes , non-seulement admit les idées innées , mais il ne doutoit pas que nous ne vissions tout en Dieu , & que Dieu , pour ainsi dire , ne fût notre ame.

T A N T de raisonneurs ayant fait le Roman de l'Ame , un Sage est venu qui en a fait modestement l'histoire. Mr. Locke a dévelopé à l'homme la Rai- son humaine, comme un excellent Anatomiste ex- plique les ressorts du corps humain , il s'aide par tout du flambeau de la Physique , il ose quelquefois par- ler affirmativement , mais il ose aussi douter : Au lieu de finir tout d'un coup ce que nous ne connoissons pas , il examine par degrez ce que nous voulons con-

---

* St. Thomas.   † St. Bonaventure.

noître, il prend un enfant au moment de fa naiſ
ſance, il ſuit pas à pas les progrès de ſon Entendement ; il voit ce qu'il a de commun avec les Bêtes,
& ce qu'il a au-deſſus d'elles. Il conſulte ſur tout ſon
propre témoignage, la conſcience de ſa penſée.

Jᴇ laiſſe, dit-il, à diſcuter à ceux qui en ſavent
plus que moi, ſi notre Ame exiſte avant ou après
l'organiſation de notre corps ; mais j'avouë qu'il
m'eſt tombé en partage une de ces Ames groſſieres
qui ne penſent pas toujours : & j'ai même le malheur de ne pas concevoir qu'il ſoit plus néceſſaire à
l'Ame de penſer toujours, qu'au corps d'être toujours en mouvement.

Poᴜʀ moi je me vante de l'honneur d'être en
ce point auſſi ſtupide que Mr. Locke. Perſonne ne
me fera jamais croire que je penſe toujours ; & je
ne me ſens pas plus diſpoſé que lui à imaginer que
quelques ſemaines après ma conception j'étois une
fort ſavante Ame, ſachant alors mille choſes que
j'ai oublié en naiſſant, & ayant fort inutilement
poſſedé dans l'uterus des connoiſſances qui m'ont
échapé dès que j'ai pu en avoir beſoin, & que je
n'ai jamais bien pu r'aprendre depuis.

Mr. Locke, après avoir ruiné les idées innées,
après avoir bien renoncé à la vanité de croire qu'on
penſe toujours, ayant bien établi que toutes nos
idées nous viennent par les ſens, ayant examiné nos
idées ſimples, celles qui ſont compoſées, ayant ſui-
vi l'Eſprit de l'homme dans toutes ſes opérations,
ayant fait voir combien les Langues que les hommes
parlent ſont imparfaites, & quel abus nous faiſons
des termes à tous momens, il vient enfin à conſiderer

l'étenduë ou plutôt le néant des connoiſſances hu-
maines. Ce fut dans ce chapitre qu'il oſa avancer
modeſtement ces paroles , ,, Noûs ne ferons peut-
,, être jamais capables de connoître ſi un Etre pure-
,, ment materiel penſe ou non. ,, Ce diſcours ſage
parût à plus d'un Théologien une déclaration ſcan-
daleuſe , que l'Ame eſt materielle & mortelle. Quelques Anglois dévots à leur maniere, ſonnerent l'allar-
me. Les ſuperſtitieux ſont dans la Societé ce que les
poltrons ſont dans une Armée ; ils ont & donnent
des terreurs paniques. On cria que Mr. Locke vouloit renverſer la Religion ; il ne s'agiſſoit pourtant
pas de Religion dans cette affaire ; c'étoit une queſ-
tion purement philoſophique , très-indépendante de
la Foi & de la Revelation. Il ne falloit qu'examiner
ſans aigreur , s'il y a de la contradiction à dire , la
Matiere peut penſer , & ſi Dieu peut communiquer
la Penſée à la Matiere. Mais les Théologiens com-
mencent trop ſouvent par dire que Dieu eſt outragé ,
quand on n'eſt pas de leur avis ; c'eſt trop reſſembler
aux mauvais Poëtes , qui crioient que Deſpreaux parloit mal du Roi , parce qu'il ſe moquoit d'eux. Le
Docteur Stillingfleet s'eſt fait une réputation de Théologien moderé , pour n'avoir pas dit poſitivement des
injures à Mr. Locke. Il entra en lice contre luí , mais
il fut battu ; car il raiſonnoit en Docteur , & Locke
en Philoſophe inſtruit de la force & de la foibleſſe
de l'Eſprit humain , & qui ſe battoit avec des armes
dont il connoiſſoit la trempe. Si j'oſois parler après
Mr. Locke, ſur un ſujet ſi délicat , je dirois , les hommes diſputent depuis long-tems ſur la nature & ſur
l'immortalité de l'ame : à l'égard de ſon immortalité ,

il eſt impoſſible de la démontrer, puiſqu'on diſpute encore ſur ſa nature, & qu'aſſurément il faut connoitre à fond un Etre créé pour décider, s'il eſt immortel ou non. La Raiſon humaine eſt ſi peu capable de démontrer par elle-même l'immortalité de l'ame que la Religion a été obligée de nous la reveler. Le bien commun de tous les hommes demande qu'on croye l'ame immortelle ; la Foi nous l'ordonne, il n'en faut pas davantage : & la choſe eſt décidée. Il n'en eſt pas de même de ſa nature ; il importe peu à la Religion de quelle Subſtance ſoit l'Ame, pourvû qu'elle ſoit vertueuſe. C'eſt une Horloge qu'on nous a donné à gouverner, mais l'ouvrier ne nous a pas dit dequoi le reſſort de cette Horloge eſt compoſé.

JE ſuis corps & je penſe, je n'en ſais pas davantage. Irai-je attribuer à une cauſe inconnuë ce que je puis ſi aiſément attribuer à la ſeule cauſe ſeconde, que je connois ? Ici tous les Philoſophes de l'Ecole m'arrêtent en argumentant, & diſent, il n'y a dans le corps que de l'étenduë & de la ſolidité, & il ne peut avoir que du mouvement & de la figure. Or, du mouvement, de la figure, de l'étenduë, & de la ſolidité, ils ne peuvent faire une penſée, donc l'ame ne peut pas être matiere. Tout ce grand raiſonnement repeté tant de fois ſe réduit uniquement à ceci : Je ne connois point du tout la Matiere, j'en devine imparfaitement, quelques propriétez ; or je ne ſai point du tout ſi ces propriétez peuvent être jointes à la penſée ; donc parce que je ne ſai rien du tout, j'aſſure poſitivement que la Matiere ne ſauroit penſer. Voilà nettement la maniere de raiſonner de l'Ecole.   MR.

Mr. Locke difoit avec fimplicité à ces Meffieurs, Confeffez du moins que vous êtes auffi ignorans que moi. Votre imagination ni la mienne ne peuvent concevoir comment un corps a des idées, & comprenez-vous mieux comment une Subftance telle qu'elle foit a des idées ? vous ne concevez ni la Matiere ni l'Efprit, comment ofez-vous affurer quelque chofe ?

Le fuperftitieux vient à fon tour, & dit qu'il faut brûler pour le bien de leurs ames ceux qui foupçonnent qu'on peut penfer avec la feule aide du corps : mais que diroient-ils fi c'étoient eux-mêmes qui fuffent coupables d'irreligion ? En effet, quel eft l'homme qui ofera affurer fans une impieté abfurde, qu'il eft impoffible au Créateur de donner à la Matiere la penfée & le fentiment ? Voyez, je vous prie, à quel embarras vous êtes réduit : vous qui bornez ainfi la puiffance du Créateur. Les Bêtes ont les mêmes organes que nous, les mêmes fentimens, les mêmes perceptions ; elles ont de la mémoire, elles combinent quelques idées. Si Dieu n'a pas pû animer la Matiere, & lui donner le fentiment, il faut de deux chofes l'une, ou que les Bêtes foient de pures machines, ou qu'elles ayent une ame fpirituelle.

Il me paroit démontré que les Bêtes ne peuvent être de fimples machines, voici ma preuve ; Dieu leur a fait précifément les mêmes organes de fentiment que les nôtres ; donc s'ils ne fentent point, Dieu a fait un ouvrage inutile ; or Dieu de votre aveu même, ne fait rien en vain, donc il n'a point fabriqué tant d'organes de fentiment, pour qu'il n'y

* E

eût point de fentiment, donc les Bêtes ne font point de pures machines. Les Bêtes felon vous ne peuvent pas avoir une ame fpirituelle ; donc malgré vous il ne refte autre chofe à dire, finon que Dieu a donné aux organes des Bêtes, qui font Matiere, la faculté de fentir & d'apercevoir, que vous apellez Inftinct dans elles. Et qui peut empêcher Dieu de communiquer à nos organes plus déliez cette faculté de fentir, d'apercevoir, & de penfer, que nous apellons Raifon humaine ? De quelque côté que vous vous tourniez, vous êtes obligez d'avouër votre ignorance, & la puiffance immenfe du Créateur. Ne vous révoltez donc plus contre la fage & modefte Philofophie de Mr. Locke, loin d'être contraire à la Religion, elle lui ferviroit de preuve, fi la Religion en avoit befoin ; car quelle Philofophie plus religieufe, que celle qui n'affirmant que ce qu'elle conçoit clairement & fachant avouër fa foibleffe, vous dit qu'il faut recourir à Dieu, dès qu'on examine les premiers principes ?

D'AILLEURS il ne faut jamais craindre qu'aucun fentiment Philofophique puiffe jamais nuire à la Religion d'un païs. Nos Myfteres ont beau être contraires à nos demonftrations : ils n'en font pas moins révérez par nos Philofophes Chrétiens, qui favent que les objets de la Raifon & de la Foi font de differente nature. Jamais les Philofophes ne feront une Secte de Religion : pourquoi ? C'eft qu'ils n'écrivent point pour le peuple, & qu'ils font fans Entoufiafme. Divifez le Genre humain en vingt parts, il y en a dix-neuf compofées de ceux qui travaillent de leurs mains, & qui ne fauront jamais,

s'il y a eu un Mr. Locke au monde ; dans la vingtiéme partie qui reste , combien trouve - t'on peu
d'hommes qui lisent ? & parmi ceux qui lisent, il y
en a vingt qui lisent des Romans , contre un qui étu-
die en Philosopie. Le nombre de ceux qui pensent
est excessivement petit , & ceux-là ne s'avisent pas
de troubler le monde.

Ce n'est ni Montagne , ni Locke , ni Bayle , ni
Spinosa , ni Hobbes , ni Mylord Shaftsbury , ni Mr.
Collins , ni Mr. Toland , &c. qui ont porté le flambeau de la Discorde dans leur Patrie ; ce sont pour la
plûpart , des Téologiens , qui ayant eu d'abord l'ambition d'être chefs de Sectes , ont eu bien-tôt celle
d'être Chefs de partis. Que dis-je , tous ces livres
des Philosophes modernes mis ensemble ne feront
jamais dans le monde autant de bruit seulement ,
qu'en a fait autrefois la dispute des Cordeliers , sur
la forme de leurs Manches & de leurs Capuchons.

QUATORZIEME
LETTRE
SUR
DESCARTES
ET
NEWTON.

UN François qui arrive à Londres, trouve les choses bien changées en Philosophie comme dans tout le reste. Il a laissé le Monde plein, il le trouve vuide. A Paris on voit l'Univers composé de Tourbillons, de Matiere subtile ; à Londres on ne voit rien de cela. Chez vous c'est la pression de la Lune qui cause le flux de la mer ; chez les Anglois c'est la mer qui gravite vers la Lune ; de façon que quand vous croyez que la Lune dévroit nous donner marée haute, ces Messieurs croyent qu'on doit avoir marée basse, ce qui malheureusement ne peut se vérifier. Car il auroit fallu pour s'en éclaircir examiner la Lune & les Marées au premier instant de la Création.

Vous remarquerez encore que le Soleil, qui en

France n'entre pour rien dans cette affaire, y contribue ici environ pour son quart. Chez vos Cartefiens tout se fait par une impulsion, qu'on ne comprend guéres ; chez M. Newton c'est par une attraction dont on ne connoît pas mieux la cause. A Paris vous vous figurez la Terre faite comme un Melon ; à Londres elle est aplatie des deux côtez. La Lumiere pour un Cartesien existe dans l'air ; pour un Newtonien elle vient du Soleil en six minutes & demie. Votre Chimie fait toutes ses operations avec des Acides, des Alkalis, & de la Matiere subtile ; l'Attraction domine jusques dans la Chimie Angloise.

L'Essence même des choses a totalement changé. Vous ne vous accordez ni sur la définition de l'Ame, ni sur celle de la Matiere. Des Cartes assure que l'Ame est la même chose que la Pensée, & Mr. Locke lui prouve assez bien le contraire.

Des Cartes assure encore que l'étenduë seule fait la Matiére ; Newton y ajoute la solidité.

Voila de furieuses contrariétez !

Non nostrum inter vos tantas componere lites.

Ce fameux Newton, ce Destructeur du Systême Cartésien, mourut au mois de Mars de l'an passé 1727. Il a vécu honoré de ses compatriotes, & a été enterré comme un Roi qui auroit fait du bien à ses Sujets.

On a lû ici avec avidité & l'on a traduit en Anglois l'Eloge de M. Newton, que M. de Fontenelle a prononcé dans l'Academie des Sciences. M. de Fontenelle est le Juge des Philosophes, on attendoit en Angleterre son jugement comme une déclaration solemnelle de la supériorité de la Philosophie Angloise. Mais quand on a vû qu'il comparoît Des Cartes à

E 3

Newton , toute la Societé Royale de Londres s'est
soulevée : loin d'acquiescer au jugement on a critiqué
le Discours. Plusieurs même (& ceux-là ne sont pas
les plus Philosophes) ont été choquez de cette comparaison , seulement parce que Des Cartes étoit
François.

IL faut avoüer que ces deux grands hommes ont
été bien differens l'un de l'autre dans leur conduite ,
dans leur fortune , & dans leur Philosophie.

DES CARTES étoit né avec une imagination
brillante & forte , qui en fit un homme singulier
dans la vie privée , comme dans sa maniere de raisonner ; cette imagination ne put se cacher même
dans ses Ouvrages Philosophiques , où l'on voit à
tous momens des comparaisons ingénieuses & bril-
lantes. La nature en avoit presque fait un Poëte , &
en effet il composa pour la Reine de Suede un divertissement en vers , que pour l'honneur de sa mémoire on n'a pas fait imprimer.

IL essaya quelque tems du métier de la guerre ,
& depuis étant devenu tout-à-fait Philosophe , il ne
crut pas indigne de lui de faire l'amour. Il eut de
sa Maitresse une fille nommée Francine qui mourut
jeune , & dont il regretta beaucoup la perte. Ainsi il
éprouva tout ce qui apartient à l'humanité.

IL crut long-tems qu'il étoit nécessaire de fuïr les
hommes , & sur-tout sa patrie , pour philosopher
en liberté.

IL avoit raison ; les hommes de son tems n'en
savoient pas assez pour l'éclairer , & n'étoient guéres
capables que de lui nuire.

IL quitta la France , parce qu'il cherchoit la Verité

qui y étoit perfecutée alors par la miferable Philofophie
de l'Ecole. Mais il ne trouva pas plus de raifon dans les
Univerfitez de la Hollande où il fe retira. Car dans le
tems qu'on condamnoit en France les feules propofi-
tions de la Philofophie qui fuffent vrayes ; il fut auffi
perfecuté par les prétendus Philofophes de Hollande ,
qui ne l'entendoient pas mieux, & qui voyant de plus
près fa gloire, haïffoient davantage fa perfonne ; il
fut obligé de fortir d'Utrecht. Il effuya l'accufation
d'Athéïfme, derniere reffource des calomniateurs; &
lui qui avoit employé toute la fagacité de fon Efprit à chercher de nouvelles preuves de l'exiftence
d'un Dieu, fût foupçonné de n'en point reconnoître.

TANT de perfécutions fupofoient un très-grand
mérite & une réputation éclatante ; auffi avoit-il
l'un & l'autre. La Raifon perça même un peu dans
le monde à travers les ténébres de l'Ecole & les pré-
jugez de la fuperftition populaire. Son nom fit enfin
tant de bruit qu'on voulut l'attirer en France par des
récompenfes. On lui propofa une penfion de mil écus.
Il vint fur cette efperance, paya les frais de la pa-
tente qui fe vendoit alors, n'eut point la penfion ,
& s'en retourna philofopher dans fa folitude de
Nord-Hollande, dans le tems que le grand Galilée,
à l'âge de 80. ans, gémiffoit dans les prifons de
l'Inquifition pour avoir démontré le mouvement
de la Terre.

ENFIN il mourut à Stockholm d'une mort pré-
maturée, & caufée par un mauvais régime, au milieu de quelques Savans fes ennemis, & entre les
mains d'un Medecin qui le haïffoit.

LA carriere du Chevalier Newton a été toute dif-

E 4

ferente. Il a vécu 85. ans toujours tranquille, heureux & honoré dans sa patrie.

SON grand bonheur a été non-seulement d'être né dans un païs libre, mais dans un tems où les impertinences Scholastiques étant banies, la Raison seule étoit cultivée, & le monde ne pouvoit être que son écolier & non son ennemi.

UNE opposition singuliere dans laquelle il se trouve avec Des Cartes, c'est que dans le cours d'une si longue vie il n'a eu ni passion ni foiblesse, il n'a jamais approché d'aucune femme : c'est ce qui m'a été confirmé par le Medecin & le Chirurgien entre les bras de qui il est mort.

ON peut admirer en cela Newton, mais il ne faut pas blâmer Des Cartes.

L'OPINION publique en Angleterre sur ces deux Philosophes, est que le premier étoit un Rêveur, & que l'autre étoit un Sage.

TRE'S-PEU de personnes à Londres lisent Des Cartes, dont effectivement les ouvrages sont devenus inutiles ; très-peu lisent aussi Newton, parce qu'il faut être fort savant pour le comprendre. Cependant tout le monde parle d'eux, on n'accorde rien au François, & on donne tout à l'Anglois. Quelques gens croyent que si on ne s'en tient plus à l'horreur du Vuide, si on sait que l'Air est pesant, si on se sert de Lunettes d'approche, on en a l'obligation à Newton ; il est ici l'Hercule de la Fable, à qui les ignorans attribuoient tous les faits des autres Heros.

DANS une Critique qu'on a faite à Londres du Discours de M. de Fontenelle, on a osé avancer que Des Cartes n'étoit pas un grand Géometre. Ceux

qui parlent ainſi peuvent ſe reprocher de battre leur
nourrice. Des Cartes a fait un auſſi grand chemin du
point où il a trouvé la Géometrie juſqu'au point où
il l'a pouſſée, que Newton en a fait après lui. Il eſt
le premier qui ait enſeigné la maniere de donner les
équations algebraïques des Courbes. Sa Géometrie,
graces à lui devenué commune, étoit de ſon tems ſi
profonde qu'aucun Profeſſeur n'oſa entreprendre de
l'expliquer, & qu'il n'y avoit en Hollande que Schot-
ten, & en France que Fermat, qui l'entendiſſent.

Il porta cet eſprit de Géometrie & d'invention
dans la Dioptrique qui devint entre ſes mains un
Art tout nouveau, & s'il s'y trompa en quelque
choſe, c'eſt qu'un homme qui découvre de nouvelles Terres ne peut tout-d'un-coup en connoître toutes les proprietez. Ceux qui viennent après lui & qui
rendent ces Terres fertiles, lui ont au moins l'obligation de la découverte. Je ne nierai pas que tous les
autres ouvrages de M. Des Cartes fourmillent d'erreurs.

La Géometrie étoit un Guide que lui-même avoit
en quelque façon formé, & qui l'auroit conduit ſûre-
ment dans ſa Phyſique. Cependant il abandonna à
la fin ce Guide, & ſe livra à l'Eſprit de Syſtême.
Alors ſa Philoſophie ne fut plus qu'un Roman ingénieux tout au plus, & vraiſemblable pour les Philoſophes du même tems. Il ſe trompa ſur la nature
de l'Ame, ſur les preuves de l'exiſtence de Dieu,
ſur la Matiere, ſur les loix du mouvement, ſur la
nature de la Lumiere. Il admit des idées innées, il
inventa de nouveaux Elemens, il créa un Monde; il
fit l'Homme à ſa mode, & on dit avec raiſon que

l'Homme de Des Cartes n'eſt en effet que celui de Des Cartes fort éloigné de l'Homme véritable.

Il pouſſa ſes erreurs Métaphyſiques, juſqu'à prétendre que deux & deux ne ſont quatre, que parce que Dieu l'a voulu ainſi. Mais ce n'eſt point trop dire qu'il étoit eſtimable même dans ſes égaremens. Il ſe trompa, mais ce fut au moins avec méthode, & de conſéquence en conſéquence. Il détruiſit les Chimeres abſurdes dont on infatuoit la jeuneſſe depuis 2000 ans. Il apprit aux hommes de ſon tems à raiſonner & à ſe ſervir contre lui-même de ſes armes. S'il n'a pas payé en bonne monnoye, c'eſt beaucoup d'avoir décrié la fauſſe.

Je ne crois pas qu'on oſe à la vérité comparer en rien ſa Philoſophie avec celle de Newton; la premiere eſt un eſſai, la ſeconde eſt un chef-d'œuvre. Mais celui qui nous a mis ſur la voye de la vérité, vaut peut-être celui qui a été depuis au bout de cette carriere.

Des Cartes donna la vûë aux aveugles. Ils virent les fautes de l'antiquité, & les ſiennes. La route qu'il ouvrit eſt depuis lui devenuë immenſe. Le petit Livre de Rohault a fait pendant quelque tems une Phyſique complette; aujourd'hui tous les Recueils des Académies de l'Europe ne font pas même un commencement de Syſtême. En approfondiſſant cet abyme il s'eſt trouvé infini. Il s'agit maintenant de voir ce que Mr. Newton a creuſé dans ce précipice.

QUINZIEME
LETTRE
SUR
L'ATTRACTION.

LES découvertes du Chevalier Newton qui lui ont fait une réputation si universelle, regardent le Systême du Monde, la Lumiere, l'Infini en Géométrie, & enfin la Chronologie, à laquelle il s'est amusé pour se délasser.

JE vais vous dire (si je puis sans verbiage) le peu que j'ai pu attraper de toutes ces sublimes idées. A l'égard du Systême de notre Monde, on disputoit depuis long-tems sur la cause qui fait tourner & qui retient dans leurs Orbites toutes les Planétes, & sur celle qui fait descendre ici bas tous les corps vers la surface de la Terre.

LE Systême de Des Cartes, expliqué & perfectionné depuis lui, sembloit rendre une raison plausible de tous ces phénomenes ; & cette raison paroissoit d'autant plus vraye qu'elle est simple & intelligible à tout le monde. Mais en Philosophe il faut se défier de ce qu'on croit entendre trop aifément auſſi bien que des chofes qu'on n'entend pas.

LA Pefanteur, la chûte accélerée des corps ſur la Terre, la révolution des Planétes dans leurs Orbites, leurs rotations autour de leur axe, tout cela n'eſt que du mouvement. Or le mouvement ne peut être conçu que par impulſion, donc tous ces corps ſont pouſſez. Mais par quoi le font-ils ? Tout l'efpace eſt plein, donc il eſt rempli d'une matiére très-ſubtile, puiſque nous ne l'appercevons pas ; donc cette matiere va d'Occident en Orient, puiſque c'eſt d'Occident en Orient que toutes les Planétes ſont entraînées. Ainſi de ſuppoſitions en ſuppoſitions, & de vraiſemblances en vraiſemblances, on a imaginé un vaſte tourbillon de matiere ſubtile, dans lequel les Planétes ſont entraînées autour du Soleil ; on a créé encore un autre tourbillon particulier qui nage dans le grand, & qui tourne journellement autour de la Planéte. Quand tout cela eſt fait, on prétend que la pefanteur dépend de ce mouvement journalier ; car, dit-on, la matiere ſubtile qui tourne autour de notre petit tourbillon, doit aller dix-ſept fois plus vite que la Terre. Or ſi elle va dix-ſept fois plus vite que la Terre, elle doit avoir incomparablement plus de force centrifuge, & repouſſer par conféquent tous les corps vers la Terre. Voilà la caufe de la pefanteur dans le Syſtême Carteſien. Mais avant que de calculer la force centrifuge, & la viteſſe de cette matiere ſubtile, il falloit s'aſſurer qu'elle exiſtât.

M. NEWTON ſemble anéantir ſans reſſource tous ces tourbillons grands & petits, & celui qui emporte les Planétes autour du Soleil, & celui qui fait tourner chaque Planéte sur elle-même.

PREMIEREMENT à l'égard du prétendu petit tourbillon de la Terre, il est prouvé qu'il doit pérdre petit à petit son mouvement ; il est prouvé que si la Terre nage dans un fluide, ce fluide doit être de la même densité que la Terre ; & si ce fluide est de la même densité, tous les corps que nous remuons doivent éprouver une résistance extrême.

2°. A L'EGARD des grands tourbillons, ils sont encore plus chimériques, il est impossible de les accorder avec les régles de Kepler dont la vérité est démontrée. M. Newton fait voir que la revolution du fluide, dans lequel Jupiter est supofé entrainé, n'est pas avec la révolution du fluide de la Terre, comme la révolution de Jupiter est avec celle de la Terre. Il prouve que les Planétes faisant leurs révolutions dans des Ellipses, & par conséquent étant bien plus éloignées les unes des autres dans leurs Aphélies, & un peu plus proches dans leurs Perihélies, la Terre, par exemple, dévroit aller plus vîte quand elle est plus près de Venus & de Mars, puisque le fluide qui l'emporte étant alors plus pressé doit avoir plus de mouvement, & cependant c'est alors même que le mouvement de la Terre est plus ral.lenti.

IL prouve qu'il n'y a point de matiere céleste qui aille d'Occident en Orient, puisque les Cométes traversent ces espaces, tantôt de l'Orient à l'Occident, tantôt du Septentrion au Midi.

ENFIN pour mieux trancher encore, s'il est possible, toute difficulté, il prouve, & même par des expériences, que le Plein est impossible, & il nous ramene le Vuide qu'Ariftote & Des Cartes avoient banni du monde.

AYANT par toutes ces raifons, & par beaucoup d'autres encore, renverfé les tourbillons du Cartefianifme, il defefperoit de pouvoir connoître jamais, s'il y a un principe fecret dans la nature qui caufe à la fois le mouvement de tous les corps céleftes & qui fait la pefanteur fur la Terre. S'étant retiré en 1666. à caufe de la pefte, à la campagne près de Cambridge, un jour qu'il fe promenoit dans fon jardin, & qu'il voyoit des fruits tomber d'un arbre, il fe laiffa aller à une méditation profonde fur cette Pefanteur, dont tous les Philofophes ont cherché fi long-tems la caufe en vain, & dans laquelle le vulgaire ne foupçonne pas même de myftére; il fe dit à lui-même, de quelque hauteur dans notre Hemifphere que tombaffent ces corps, leur chûte feroit certainement dans la progreffion découverte par Galilée, & les efpaces parcourus par eux feroient comme les quarrez des tems. Ce pouvoir qui fait defcendre les corps graves, eft le même fans aucune diminution fenfible à quelque profondeur qu'on foit dans la Terre, & fur la plus haute montagne; pourquoi ce pouvoir ne s'étendroit-il pas jufqu'à la Lune? Et s'il eft vrai qu'il pénétre jufques là, n'y a-t'il pas grande apparence que ce pouvoir la retient dans fon Orbite & détermine fon mouvement? Mais fi la Lune obéït à ce principe tel qu'il foit, n'eft-il pas encore très-raifonnable de croire que les autres Planétes y font également foumifes? Si ce pouvoir exifte, ce qui eft prouvé d'ailleurs, il doit augmenter en raifon renverfée des quarres

des diftances. Il n'y a donc plus qu'à examiner le
chemin que feroit un corps grave en tombant fur la
Terre d'une hauteur médiocre, & le chemin que feroit dans le même tems un corps qui tomberoit de
l'Orbite de la Lune ; pour en être inftruit, il ne s'a-
git plus que d'avoir la mefure de la Terre, & la
diftance de la Lune à la Terre.

Voilà comment M. Newton raifonna. Mais on
n'avoit alors en Angleterre que de très-fauffes mefu-
res de notre Globe. On s'en raportoit à l'eftime incertaine des Pilotes, qui comptoient foixante milles
d'Angleterre pour un degré, au lieu qu'il en faloit
compter près de foixante & dix. Ce faux calcul ne
s'accordant pas avec les conclufions que M. Newton vouloit tirer, il les abandonna. Un Philofophe
médiocre & qui n'auroit eu que de la vanité, eût
fait quadrer comme il eût pû la mefure de la Terre
avec fon Syftême ; M. Newton aima mieux abandonner alors fon projet. Mais depuis que M. Picart eût
mefuré la Terre exactement, en traçant cette Méri-
diéne qui fait tant d'honneur à la France ; M. Newton
reprit fes premieres idées, & il trouva fon compte
avec le calcul de M. Picart.

C'est une chofe qui me paroît toujours admirable,
qu'on ait découvert de fi fublimes véritez avec l'aide
d'un Quart de Cercle, & d'un peu d'Arithmétique.

La circonférence de la Terre eft de cent vingt-
trois millions, deux cens quarante-neuf mille fix
cens pieds ; de cela feul peut fuivre le Syftême de
l'attraction.

Dès qu'on connoit la circonférence de la Terre,
on connoît celle de l'Orbite de la Lune, & le dia-

métre de cette Orbite. La révolution de la Lune dans
cette Orbite se fait en vingt-sept jours, sept heures,
quarante-trois minutes ; donc il est démontré que la
Lune dans son mouvement moyen, parcourt cent
quatre-vingt sept mille neuf cens soixante pieds de
Paris par minute : Et par un Théoreme connu il est
démontré que la force centrale qui feroit tomber
un corps de la hauteur de la Lune, ne le feroit tomber
que de quinze pieds de Paris dans la premiere minute. Maintenant si la régle par laquelle les corps
pesent, gravitent, s'attirent en raison inverse des
quarrez des distances est vraye, si c'est le même
pouvoir qui agit suivant cette régle dans toute la
nature, il est évident que la Terre étant éloignée de
la Lune de 60. demi-diamêtres, un corps grave
doit tomber sur la Terre de quinze pieds dans la
premiere seconde, & de cinquante-quatre mille
pieds dans la premiere minute.

O R est-il qu'un corps grave tombe en éfet de
quinze pieds dans la premiere seconde, & parcourt
dans la premiere minute cinquante-quatre mille
pieds, lequel nombre est le quarré de soixante,
multiplié par quinze. Donc les corps pesent en rai-
sons inverse des quarrez des distances : donc le même pouvoir fait la pesanteur sur la Terre, & retient
la Lune dans son Orbite ; étant démontré que la
Lune pése sur la Terre, qui est le centre de son
mouvement particulier : il est démontré que la Terre
& la Lune pesent sur le Soleil qui est le centre de
leur mouvement annuel.

L E S autres Planétes doivent être soumises à
cette loi générale, & si cette loi existe, ces Planétes

tes doivent fuivre les régles trouvées par Kepler.
Toutes ces régles, tous ces raports font en effet
gardez par les Planétes avec la derniére exactitude.
Donc le pouvoir de la gravitation fait péfer toutes
les Planétes vers le Soleil, de même que nôtre Globe.

E n f i n la réaction de tout corps étant propor-
tionelle à l'action, il demeure certain que la Terre
péfe à fon tour fur la Lune, & que le Soleil péfe
fur l'une & fur l'autre ; que chacun des Satellites de
Saturne péfe fur les quatre, & les quatre fur lui,
tous cinq fur Saturne, Saturne fur tous ; qu'il en eft
ainfi de Jupiter, & que tous ces Globes font attirez
par le Soleil réciproquement attiré par eux.

Ce pouvoir de gravitation agit à proportion de
la matiére que renferment les corps. C'eft une vérité que M. Newton a démontrée par des expériences.
Cette nouvelle découverte a fervi à faire voir que
le Soleil, centre de toutes les Planétes, les attire
toutes en raifon directe de leurs maffes combinées
avec leur éloignement. De-là s'élevant par degrez
jufqu'à des connoiffances qui fembloient n'être pas
faites pour l'efprit humain, il ofe calculer combien
de matiére contient le Soleil, & combien il s'en
trouve dans chaque Planéte, & ainfi il fait voir que
par les fimples loix de la Méchanique, chaque Globe
célefte doit être néceffairement à la place où il eft.

S o n feul principe des loix de la gravitation rend
raifon de toutes les inégalitez apparentes dans le
cours des Globes céleftes. Les variations de la Lune
deviennent une fuite néceffaire de ces loix. De plus,
on voit évidemment pourquoi les nœuds de la Lune font leurs révolutions en dix-neuf ans, & ceux de

la Terre dans l'efpace d'environ vingt-fix mille années. Le flux & le reflux de la mer eft encore un effet très-fimple de cette attraction. La proximité de la Lune dans fon plein, & quand elle eft nouvelle, & fon éloignement dans fes quartiers combinez avec l'action du Soleil, rendent une raifon fenfible de l'élevation & de l'abaiffement de l'Océan.

Apre's avoir rendu compte par fa fublime théorie du cours & des inégalités des Planétes, il affujetit les Cométes au frein de la même loi. Ces feux fi longtems inconnus, qui étoient la terreur du Monde & l'écueil de la Philofophie, placez par Ariftote au deffous de la Lune, & renvoiez par Des Cartes au-deffus de Saturne, font mis enfin à leur veritable place par M. Newton.

Il prouve que ce font des corps folides qui fe meuvent dans la fphére de l'action du Soleil, & décrivent une ellipfe fi excentrique & fi aprochante de la parabole que certaines Cométes doivent mettre plus de cinq cens ans dans leur révolution.

Le favant M. Halley croit que la Cométe de 1680, eft la même qui parut du tems de Jules Céfar. Celle-là fur tout fert plus qu'une autre à faire voir que les Cométes font des corps durs & opaques, car elle defcendit fi près du Soleil, qu'elle n'en étoit éloignée que d'une fixiéme partie de fon difque; elle pût par conféquent aquérir un degré de chaleur deux mille fois plus violent que celui du fer le plus enflámé. Elle auroit été diffoute & confommée en peu de tems, fi elle n'avoit pas été un corps opaque. La mode commençoit alors à deviner le cours des Cométes. Le célebre Mathématicien Jacques Bernoulli conclut par

fon Syftême, que cette fameufe Cométe de 1680,
reparoîtroit le 17. Mai 1729. Aucun Aftronôme de
l'Europe ne fe coucha cette nuit du 17. Mai; mais la
fameufe Cométe ne parût point. Il y a au moins plus
d'adreffe, s'il n'y a pas plus de fûreté, à lui donner
cinq cens foixante & quinze ans pour revenir. Pour
M. Whifton, il a férieufement affirmé que du tems
du Déluge il y avoit eu une Cométe qui avoit inon-
dé notre Globe; & il a eu l'injuftice de s'étonner
qu'on fe foit moqué de lui. L'Antiquité penfoit à peu
près dans le gôut de M. Whifton; elle croyoit que
les Cométes étoient toujours les avant-courieres de
quelque grand malheur fur la Terre. M. Newton au
contraire foupçonne qu'elles font très-bienfaifantes,
& que les fumées qui en fortent ne fervent qu'à fe-
courir & à vivifier les Planétes, qui s'imbibent dans
leur cours de toutes ces particules que le Soleil a
détachées des Comètes. Ce fentiment eft du moins
plus probable que l'autre. Ce n'eft pas tout, fi cette force de gravitation, d'attraction, agit dans tous
les Globes céléftes; il agit fans doute fur toutes les
parties de ces Globes. Car fi les corps s'attirent en
raifon de leurs maffes, ce ne peut être qu'en raifon de la quantité de leurs parties, & fi ce pouvoir eft logé dans le tout, il l'eft fans doute dans
la moitié, il l'eft dans le quart, dans la-huitiéme
partie, ainfi jufqu'à l'infini.

AINSI voilà l'attraction qui eft le grand reffort
qui fait mouvoir toute la nature. M. Newton avoit
bien prévû, après avoir démontré l'exiftence de ce
principe, qu'on fe révolteroit contre fon feul nom:
dans plus d'un endroit de fon livre il précautionne

ſon Lecteur contre ce nom même. Il l'avertit de ne le pas confondre avec les qualitez occultes des Anciens, & de ſe contenter de connoître qu'il y a dans tous les corps une force centrale qui agit d'un bout de l'Univers à l'autre ſur les corps les plus proches, & ſur les plus éloignez, ſuivant les Loix immuables de la Méchanique.

Il eſt étonnant qu'après les proteſtations ſolemnelles de ce grand homme, M. Saurin & M. de Fontenelle, qui eux-mêmes méritent ce nom, lui ayent reproché nettement les chiméres du Péripatétiſme; M. Saurin dans les Mémoires de l'Academie de 1709. & M. de Fontenelle dans l'Eloge même de M. Newton.

Presque tous les François, ſavans & autres, ont repeté ce reproche. On entend dire par tout, pourquoi M. Newton ne s'eſt-il pas ſervi du mot d'Impulſion que l'on comprend ſi bien, plutôt que du terme d'Attraction qu'on ne comprend pas?

M. Newton auroit pû répondre à ces critiques, premierement vous n'entendez pas plus le mot d'Impulſion que celui d'Attraction, & ſi vous ne concevez pas pourquoi un corps tend vers le centre d'un autre corps, vous n'imaginez pas plus par quelle vertu un corps en peut pouſſer un autre.

Secondement, je n'ai pû admettre l'Impulſion, car il faudroit pour cela que j'euſſe connu qu'une matiére céleſte pouſſe en effet les Planétes: or non-ſeulement je ne connois point cette matiere, mais j'ai prouvé qu'elle n'exiſte pas.

Troiſiémement, je ne me ſers du mot d'Attraction, que pour exprimer un effet que j'ai découvert dans la nature, effet certain & indiſputable d'un principe inconnu , qualité inherente dans la matiére , dont de plus habiles que moi trouveront s'ils peuvent la cauſe.

Que nous avez-vous donc apris , inſiſte-t'on encore , & pourquoi tant de calculs pour nous dire ce que vous-même ne comprenez pas ?

Je vous ai apris (pourroit continuër M. Newton) que la méchanique des forces centrales fait peſer tous les corps à proportion de leur matiére , que ces forces centrales font ſeules mouvoir les Planétes & les Cométes dans des proportions marquées. Je vous démontre qu'il eſt impoſſible qu'il y ait une autre cauſe de la peſanteur & du mouvement de tous les corps celeſtes. Car les corps graves tombent ſur la Terre ſelon la proportion démontrée des forces centrales , & les Planétes achevant leur cours ſuivent ces mêmes proportions. S'il y avoit encore un autre pouvoir qui agit ſur tous ces corps , il augmenteroit leurs vîteſſes , ou changeroit leurs directions. Or jamais aucun de ces corps n'a un ſeul degré de mouvement de viteſſe , de détermination , qui ne ſoit démontré être l'effet des forces centrales ; donc il eſt impoſſible qu'il y ait un autre principe.

Qu'il me ſoit permis de faire encore parler un moment M. Newton : ne ſera-t'il pas bien reçu à dire : Je ſuis dans un cas bien different des Anciens ; ils voyoient , par exemple , l'eau monter dans les pompes , & ils diſoient l'eau monte parce qu'elle a horreur du vuide. Mais moi je ſuis dans le cas de celui qui auroit remarqué le premier que l'eau monte dans les pompes , & qui laiſſeroit à d'autres le ſoin d'expliquér la cauſe de cet effet. L'Anatomiſte qui

a dit le premier que le bras se remuë ; parce que
que les muscles se contractent, enseigna aux hommes une vérité incontestable ; lui en aura-t'on moins
d'obligation, parce qu'il n'a pas su pourquoi les muf-
cles se contractent ? La cause du ressort de l'air est
inconnuë : mais celui qui a découvert ce ressort a rendu un grand service à la Physique. Le ressort que j'ai
découvert étoit plus caché & plus universel ; ainsi
on doit m'en savoir plus de gré. J'ai découvert une
nouvelle propriété de la matiére, un des secrets du
Créateur, j'en ai calculé, j'en ai démontré les effets,
peut-on me chicaner sur le nom que je lui donne ?

C E sont les Tourbillons qu'on peut appeller une
qualité occulte, puisqu'on n'a jamais prouvé leur
existence : l'Attraction au contraire est une chose réelle, puisqu'on en démontre les effets, & qu'on en cal-
cule les proportions. La cause de cette cause est dans
le sein de Dieu.

Procedes huc, & non ibis amplius.

SEIZIEME
LETTRE
SUR
L'OPTIQUE
DE
M. NEWTON.

UN nouvel Univers a été découvert par les Philofophes du dernier fiécle , & le Monde nouveau étoit d'autant plus difficile à connoître qu'on
ne fe doutoit pas même qu'il exiftât. Il fembloit aux
plus fages que c'étoit une témerité infenfée d'ofer
feulement fonger qu'on pût deviner par quelles loix
les corps céleftes fe meuvent , & comment la lumiere agit. Galilée par fes découvertes aftronomiques,
Kepler par fes calculs , Des Cartes au moins dans
fa Dioptrique , & Newton dans tous fes Ouvrages ,
ont vû la méchanique des refforts du Monde. Dans
la Géometrie on a affujeti l'infini au calcul , la circulation du fang dans les animaux & de la féve dans
les végétables , ont changé pour nous la nature. Une

F 4

nouvelle manière d'exister a été donnée au corps dans la Machine pneumatique. Les objets se font rapro-chez de nos yeux à l'aide des Télescopes. Enfin ce que M. Newton a découvert sur la lumiere, est digne de tout ce que la curiosité des hommes pouvoit attendre de plus hardi, après tant de nouveautez.

Jusqu'à Antonio de Dominis, l'Arc-en-ciel avoit paru un miracle inexplicable. Ce Philosophe devina que c'étoit un effet nécessaire de la pluye & du Soleil. Des Cartes rendit son nom immortel par l'explication mathématique de ce phénomene si naturel; il calcula les réflexions & les réfractions de la lumiére dans les goutes de pluye, & cette sagacité eut alors quelque chose de divin.

Mais qu'auroit-il dit si on lui avoit fait connoître qu'il se trompoit sur la nature de la lumiére, qu'il n'avoit aucune raison d'assurer que c'étoit un corps globuleux, qu'il est faux que cette matiére s'étendant par tout l'Univers n'attende pour être mise en action que d'être poussée par le Soleil, ainsi qu'un long bâton qui agit à un bout quand il est pressé par l'autre, qu'il est très-vrai qu'elle est dardée par le Soleil, & qu'enfin la lumiére est transmise du Soleil à la Terre en près de sept minutes, quoiqu'un boulet de canon conservant toujours sa vitesse ne puisse faire ce chemin qu'en vingt-cinq années; quel eût été son étonnement si on lui eût dit, il est faux que la lumiére se réflechisse directe-ment en rebondissant sur les corps solides, il est faux que les corps soient transparens quand ils ont des pores larges; & il viendra un homme qui dé-montrera ces paradoxes, & qui anatomisera un seul raïon de lumiére avec plus de dexterité que le plus habile Artiste ne dissèque le corps humain.

CET homme est venu. M. Newton avec le seul secours du Prisme a démontré aux yeux, que la lumiere est un amas de raïons colorez qui tous ensemble donnent la couleur blanche, un seul raïon est divisé par lui en sept raïons qui viennent tous se placer, sur un linge ou sur un papier blanc, dans leur ordre, l'un au-dessus de l'autre & à d'inégales distances. Le premier est couleur de feu, le second citron, le troisiéme jaune, le quatriéme vert, le cinquiéme bleu, le sixiéme indigo, le septiéme violet. Chacun de ces raïons tamisé ensuite par cent autres prismes ne changera jamais la couleur qu'il porte, de même qu'un or épuré ne s'altere plus dans les creusets ; & pour surabondance de preuve que chacun de ces raïons élementaires porte en soi ce qui fait sa couleur à nos yeux, prenez un petit morceau de bois jaune par exemple, & exposez-le au raïon couleur de feu, & le bois se teint à l'instant en couleur de feu, exposez-le au raïon vert, il prend la couleur verte, & ainsi du reste.

QUELLE est donc la cause des couleurs dans la nature ? Rien autre chose que la disposition des corps à réflechir les raïons d'un certain ordre, & à absorber tous les autres.

QUELLE est donc cette secrete disposition ? Il démontre que c'est uniquement l'épaisseur des petites parties constituantes dont un corps est composé. Et comment se fait cette reflexion ? On pensoit que c'étoit parce que les raïons rebondissoient comme une balle sur la surface d'un corps solide. Point du

tout ; M. Newton a apris aux Philosophes, étonnés
que les corps ne font opaques que parce que leurs pores font larges, que la lumiére se réflechit à nos yeux
du sein de ces pores mêmes, que plus les pores d'un
corps font petits, plus le corps est transparent, ainsi
le papier qui réflechit la lumiere quand il est sec, la
transmet quand il est huilé, parce que l'huile rem-
plissant ses pores les rend beaucoup plus petits.

C'est-là qu'examinant l'extrême porosité des
corps, chaque partie aïant ses pores, & chaque partie de ses parties aïant les siens, il fait voir qu'on
n'est point assuré qu'il y ait un pouce cubique de matiere solide dans l'Univers ; tant notre esprit est éloigné de concevoir ce que c'est que la matiére. Aïant
ainsi décomposé la lumiere, & aïant porté la sagacité de ses découvertes jusqu'à démontrer le moyen
de connoitre la couleur composée par les couleurs
primitives, il fait voir que ces rayons élementaires,
séparez par le moyen du prisme, ne font arrangez
dans leur ordre, que parce qu'ils font refractez en
cette ordre même ; & c'est cette proprieté inconnuë
jusqu'à lui de se rompre dans cette proportion, c'est
cette réfraction inégale des rayons, ce pouvoir de
réfracter le rouge moins que la couleur orangée, &c.
qu'il nomme refrangibilité. Les rayons les plus réfle-
xibles font les plus réfrangibles, de-là il fait voir
que le même pouvoir cause la réflexion & la réfraction de la lumiere.

Tant de merveilles ne font que le commencement de ses découvertes ; il a trouvé le secret de
voir les vibrations & les secousses de lumiére qui
vont & viennent sans fin, & qui transmettent la lu-

miére ou la réfléchiffent felon l'épaiffeur des parties qu'elles rencontrent. Il a ofé calculer l'épaiffeur des particules d'air néceffaire entre deux verres pofez l'un fur l'autre, l'un plat, l'autre convexe d'un côté, pour opérer telle tranfmiffion ou réflexion, & pour faire telle ou telle couleur.

De toutes ces combinaifons, il trouve en quelle proportion la lumiere agit fur les corps, & les corps agiffent fur elle.

Il a fi bien vû la lumiére, qu'il a déterminé à quel point l'art de l'augmenter, & d'aider nos yeux par des Télefcopes doit fe borner.

Des Cartes par une noble confiance bien pardonnable à l'ardeur que lui donnoient les commencemens d'un Art prefque découvert par lui, Des Cartes efperoit voir dans les Aftres avec des Lunétes d'aproche des objets auffi petits que ceux qu'on difcerne fur la Terre.

Newton a montré qu'on ne peut plus perfectionner les Lunétes à caufe de cette réfraction & de cette réfrangibilité même qui en nous raprochans les objets écartent trop les rayons élementaires; il a calculé dans ces verres la proportion de l'écartement des rayons rouges & des rayons bleus, & portant la démonftration dans des chofes dont on ne foupçonnoit pas même l'exiftence, il examine les inégalitez que produit la figure du verre, & celle que fait la réfrangibilité. Il trouve que le verre objectif de la Lunéte étant convexe d'un côté & plat de l'autre, fi le côté plat eft tourné vers l'objet, le défaut qui vient de la conftruction, & de la pofition du verre, eft cinq mille fois moindre que le défaut qui

vient par la réfrangibilité, & qu'ainſi ce n'eſt pas la
figure des verres qui fait qu'on ne peut perfectionner les Lunétes d'aproche ; mais qu'il faut s'en prendre à la nature même de la lumiére.

VOILA pourquoi il inventa un Téleſcope qui
montre les objets par réflexion , & non point par
réfraction. Cette nouvelle ſorte de Lunétes eſt très-
difficile à faire , & n'eſt pas d'un uſage bien aiſé,
mais on dit en Angleterre, qu'un Téleſcope de réflexion de cinq pieds fait le même effet qu'une Lunéte d'aproche de cent pieds.

DIX-SEPTIE'ME
LETTRE
SUR
L'INFINI DE LA GEOMETRIE,
ET SUR LA
CHRONOLOGIE
DE
M. NEWTON.

L E labyrinthe & l'abime de l'Infini est aussi une carriere nouvelle parcouruë par Newton , & on tient de lui le fil avec lequel on s'y peut conduire.

DES CARTES se trouve encore son précurseur dans cette étonnante nouveauté Il alloit à grands pas dans sa Géometrie jusques vers l'Infini , mais il s'arrêta sur le bord. Le Docteur Wallis vers le milieu du dernier siecle , fut le premier qui réduisit une fraction par une division perpetuelle à une suite infinie.

MY LORD Brounker se servit de cette suite pour quarrer l'hyperbole.

MERCATOR publia une démonstration de cette

quadrature. Ce fut à peu près dans ce tems que Newton, à l'âge de 23 ans, avoit inventé une methode générale pour faire fur toutes les courbes géometriques ce qu'on venoit d'effayer fur l'hyperbole.

C'est cette methode de foumettre par tout l'infini au calcul algebraïque, que l'on apelle calcul differentiel ou des fluxions, & calcul intégral. C'est l'art de nombrer & de mefurer avec exactitude ce dont on ne peut pas même concevoir l'exiftence.

En effet, ne croiriez-vous pas qu'on veut fe moquer de vous, quand on vous dit qu'il y a des lignes infiniment grandes, qui forment un anple infiniment petit.

Qu'une droite qui eft droite tant qu'elle eft finie, changeant infiniment peu de direction, devient une courbe infinie. Qu'une courbe peut devenir infiniment moins courbe.

Qu'il y a des quarrez d'infini, des cubes d'infini, & des infinis d'infinis plus grands les uns que les autres, & dont le pénultiéme n'eft rien par raport au dernier.

Tout cela qui paroit d'abord l'excès de la déraifon, eft en effet l'effort de la fineffe & de l'étenduë de l'efprit humain, & la méthode de trouver des véritez qui étoient jufqu'alors inconnuës.

Cet édifice fi hardi eft même fondé fur des idées fimples. Il s'agit de mefurer la diagonale d'un quarré, d'avoir l'aire d'une courbe ; de trouver une racine quarrée à un nombre qui n'en a point dans l'Arithmetique ordinaire. Après tout, tant d'ordres infinis ne doivent pas plus révolter l'imagination, que cette propofition fi connuë, qu'entre un cercle &

ûné tangente on peut toûjours fait paffer des courbes ; ou cette autre, que la matiére eft toûjours di-
vifible : Ces deux véritez font depuis long-tems
démontrées, & ne font pas plus compréhenfibles
que le refte.

On a difputé long-tems à Mr. Newton, l'invention de ce fameux calcul. Mr. Léibnitz a paffé en
Allemagne pour l'inventeur des differences, que Mr.
Newton apelle fluxions ; & Mr. Bernoulli a reven-
diqué le calcul intégral. Mais l'honneur de la premiere découverte a demeuré à Mr. Newton ; & il eft
refté aux autres la gloire d'avoir pû faire douter
entre eux & lui. C'eft ainfi que l'on contefta à Har-
vey la découverte de la circulation du fang, & à Mr.
Perrault celle de la circulation de la féve.

Hartsoecker & Leeuwenhoeck fe font con-
teftez l'honneur d'avoir vû le premier les petits ver-
miffeaux dont nous fommes faits. Ce même Hart-
foecker a difputé à Mr. Huygens l'invention d'une
nouvelle maniére de calculer l'éloignement d'une étoile fixe. On ne fait encore quel Philofophie trouva le
problême de la roulette.

Quoi-qu'il en foit, c'eft par cette Géometrie
de l'infini que Monfieur Newton eft parvenu aux
plus fublimes connoiffances. Il me refte à vous parler d'un autre Ouvrage plus à la portée du genre
humain, mais qui fe fent toûjours de cet efprit
créateur que Mr. Newton portoit dans toutes fes
recherches. C'eft une Chronologie toute nouvelle ;
car dans tout ce qu'il entreprenoit il falloit qu'il
changeât les idées reçuës par les autres hommes.

Accoutumé à débrouiller des cahos, il a

voulu porter au moins quelque lumiere dans celui des fables anciennes confondues avec l'histoire, & fixer une Chronologie incertaine. Il est vrai qu'il n'y a point de famille, de ville, de nation, qui ne cherche à reculer son origine. De plus, les premiers Historiens sont les plus négligens à marquer les dates. Les Livres étoient moins communs mille fois qu'aujourd'hui, par conséquent étant moins exposez à la critique, on trompoit le monde plus impunément; & puisqu'on a évidemment supofé des faits, il est assez probable qu'on a aussi supofé des dates.

E N général, il parut à Mr. Newton que le Monde étoit de cinq cens ans plus jeune que les Chronologistes ne le disent. Il fonde son idée sur le cours ordinaire de la nature, & sur les Observations astronomiques.

O N entend ici par le cours de la nature, le tems de chaque génération des hommes. Les Egyptiens s'étoient servis les premiers de cette maniere incertaine de compter, quand ils voulurent écrire les commencemens de leur Histoire. Ils comptoient 341 générations depuis Menès jusqu'à Sethon; & n'ayant pas de dates fixes, ils évaluerent trois générations à 100 ans. Ainsi ils compterent du regne de Menès au regne de Sethon 11340 années.

L E S Grecs, avant de compter par Olympiades, suivirent la méthode des Egyptiens, & étendirent un peu la durée des générations, poussant chaque génération jusqu'à quarante années.

O R en cela les Egyptiens & les Grecs se tromperent dans leur calcul, il est bien vrai, que selon le cours ordinaire de la nature, trois générations font

font environ cent à fix vingt ans. Mais il s'en faut bien que trois regnes tiennent ce nombre d'années. Il eſt très-évident, qu'en général les hommes vivent plus long-tems que les Rois ne regnent. Ainſi un homme qui voudra écrire l'Hiſtoire ſans avoir des dates préciſes, & qui ſaura qu'il y a eu neuf Rois chez une Nation, aura grand tort s'il compte 300 ans pour ces neuf Rois. Chaque génération eſt d'environ 30 ans, chaque regne eſt d'environ vingt l'un portant l'autre. Prenez les 30 Rois d'Angleterre depuis Guillaume le Conquerant juſqu'à George premier, ils ont regné 648 ans, ce qui reparti ſur les 30 Rois donne à chacun 21 ans & demi de regne. Soixante-trois Rois de France ont regné, l'un portant l'autre, chacun à peu près vingt ans. Voilà le cours ordinaire de la nature. Donc les Anciens ſe ſont trompez quand ils ont égalé en général la durée des régnes à la durée des générations ; donc ils ont trop compté ; donc il eſt à propos de retrancher un peu de leur calcul.

Les Obſervations Aſtronomiques ſemblent prêter encore un plus grand ſecours à notre Philoſophe. Il paroît plus fort en combattant ſur ſon terrain.

Vous ſavez que la Terre, outre ſon mouvement annuel qui l'emporte autour du Soleil d'Occident en Orient dans l'eſpace d'une annnée, a encore une révolution finguliere tout-à-fait inconnuë juſqu'à ces derniers tems. Ses poles ont un mouvement très-lent de rétrogradation, d'Orient en Occident, qui fait que chaque jour leur poſition ne répond pas préciſément au même point du Ciel. Cette difference infenſible en une année, devient aſſez forte

* G

avec le tems , & au bout de 72 ans on trouve que la différence est d'un degré , c'est-à-dire de la 360 partie de tout le Ciel. Ainsi après 72 années le colure de l'équinoxe du Printems qui passoit par une fixe, répond à une autre fixe. De-là vient que le Soleil , au lieu d'être dans la partie du Ciel où étoit le Belier du tems d'Hipparque , se trouve répondre à cette partie du Ciel où étoit le Taureau : & les Gemeaux sont à la place où le Taureau étoit alors. Tous les Signes ont changé de place : cependant nous retenons toujours la maniere de parler des Anciens. Nous disons que le Soleil est dans le Belier au Printems , par la même condescendance que nous disons que le Soleil tourne.

HIPPARQUE fut le premier chez les Grecs qui s'apperçut de quelque changement dans les Constellations par rapport aux équinoxes , ou plûtot qui l'apprit des Egyptiens. Les Philosophes attribuerent ce mouvement aux étoiles ; car alors on étoit bien loin d'imaginer une telle révolution dans la Terre. On la croyoit dans tous sens immobile. Ils créerent donc un Ciel où ils attacherent toutes les étoiles, & donnerent à ce Ciel un mouvement particulier , qui le faisoit avancer vers l'Orient, pendant que toutes les étoiles sembloient faire leur route journaliere d'Orient en Occident. A cette erreur ils en ajoûterent une seconde bien plus essentielle. Ils crurent que le Ciel prétendu des étoiles fixes, avançoit d'un dégré vers l'Orient en cent années. Ainsi ils se trompérent dans leur calcul Astronomique aussi bien que dans leur Système Physique. Par exemple , un Astronome auroit dit alors , l'Equinoxe du Printems a été du tems d'un tel Observateur dans un tel Signe, à une telle étoile. Il a fait deux degrés de chemin depuis cet Obſervateur juſqu'à nous. Or deux dé-grés valent 200 ans, donc cet Obſervateur vivoit 200 ans avant moi. Il eſt certain qu'un Aſtronome qui auroit raiſonné ainſi, ſe ſeroit trompé juſtement de cinquante-quatre ans. Voilà pourquoi les Anciens, doublement trompez, compoſerent leur grande an-née du Monde, c'eſt-à-dire, de la révolution de tout le Ciel, d'environ 36000 ans. Mais les Modernes ſavent, que cette révolution imaginaire du Ciel, des Etoiles, n'eſt autre choſe que la révolution des poles de la Terre qui ſe fait en 25900 ans. Il eſt bon de remarquer ici en paſſant, que Mr. Newton en dé-terminant la figure de la Terre, a très-heureuſement expliqué la raiſon de cette révolution.

Tout ceci poſé, il reſte pour fixer la Chronolo-gie, de voir par quelle étoile le colure des Equinoxes coupe aujourd'hui l'Ecliptique au Printems, & de ſavoir s'il ne ſe trouve point quelque Ancien qui nous ait dit en quel point l'Ecliptique étoit coupé de ſon tems, par le même colure des Equinoxes.

Clement Alexandrin rapporte, que Chiron qui étoit de l'expedition des Argonautes, obſerva les Conſtellations au tems de cette fameuſe expedition, & fixa l'Equinoxe du Printems au milieu du Belier, l'Equinoxe d'Automne au milieu de la Balance, le Solſtice de notre Eté au milieu du Cancre, & le Solſ-tice d'Hiver au milieu du Capricorne.

Long-tems après l'expedition des Argonautes, & un an avant la Guerre du Peloponeſe, Methon ob-ſerva que le point du Solſtice d'Eté, paſſoit par le ſixiéme degré du Cancre.

O r chaque figne du Zodiaque eft de 30 degrés. Du tems de Chiron le Solftice étoit à la moitié du Si-gne , c'eft-à-dire au quinziéme degré, un an avant la Guerre du Peloponefe , il étoit au huitiéme , donc il avoit retardé de fept degrés (un degré vaut 72 ans) donc du commencement de la Guerre du Pelopone-fe , à l'entreprife des Argonautes , il n'y a que fept fois 72 ans , qui font 504 ans , & non pas 700 an-nées , comme le difoient les Grecs. Ainfi en compa-rant l'état du Ciel d'aujourd'hui à l'état où il étoit alors , nous voiyons que l'expedition des Argonautes doit être placée 209 ans avant Jefus-Chrift, & non pas environ 1400 ans ; & que par conféquent le Monde eft moins vieux d'environ 500 ans qu'on ne penfoit. Par-là toutes les époques font rapprochées, & tout eft fait plus tard qu'on ne le dit. Je ne fai-fi ce Syftême ingénieux fera une grande fortune, & fi on voudra fe réfoudre fur ces idées à réformer la Chronologie du Monde. Peut-être les Savans trouve-roient-ils que c'en feroit trop d'acorder à un même homme l'honneur d'avoir perfectionné à la fois la Phyfique , la Géometrie & l'Hiftoire ; ce feroit une efpece de Monarchie univerfelle dont l'amour-pro-pre s'accommode mal-aifément. Auffi dans le tems que de très-grands Philofophes l'attaquoient fur l'at-traction , d'autres combattoient fon Syftême Chro-nologique. Le tems qui dévroit faire voir à qui la victoire eft duë , ne fera peut-être que laiffer la dif-pute indécife.

DIX-HUITIE'ME
LETTRE
SUR LA
TRAGEDIE.

LES Anglois avoient déja un Théatre auſſi-bien que les Eſpagnols, quand les François n'avoient encore que des tréteaux. Shakeſpear, qui paſſoit pour le Corneille des Anglois, fleuriſſoit à peu-près dans le tems de Lopez de Vega; il créa le Théatre, il avoit un génie plein de force & de fécondité, de naturel & de ſublime, ſans la moindre étincelle de bon goût, & ſans la moindre connoiſſance des régles. Je vais vous dire une choſe hazardée, mais vraie, c'eſt que le mérite de cet Auteur a perdu le Théatre Anglois; il y a de ſi belles Scenes, des morceaux ſi grands & ſi terribles répandus dans ſes farces monſtrueuſes qu'on appelle Tragédies, que ces pieces ont toûjours été jouées avec un grand ſuccès. Le tems qui ſeul fait la réputation des hommes, rend à la fin leurs défauts reſpectables. La plûpart des idées bizarres & giganteſques de cet Auteur, ont acquis, au bout de 150 ans, le droit de paſſer pour ſublimes. Les Auteurs modernes l'ont preſque tous

G 3

copié. Mais ce qui réuſſiſſoit en Shakeſpear, eſt ſiſſlé
chez eux, & vous croyez bien que la veneration
qu'on a pour cet ancien augmente à meſure que l'on
mépriſe les Modernes. On ne fait pas réflexion qu'il ne
faudroit pas l'imiter, & le mauvais ſuccès des copiſtes
fait qu'on le croit inimitable. Vous ſavez que dans la
Tragédie du More de Veniſe, Piéce très-touchante, un
mari étrangle ſa femme ſur le Théatre, & que quand
la pauvre femme eſt étranglée, elle s'écrie qu'elle
meurt très-injuſtement. Vous n'ignorez pas que dans
Hamlet, des foſſoyeurs creuſent une foſſe en bu-
vant, en chantant des Vaudevilles, & en faiſant ſur
les têtes des morts qu'ils rencontrent, des plaiſanteries convenables à gens de leur métier : mais ce
qui vous ſurprendra, c'eſt qu'on a imité ces ſotiſes.
Sous le régne de Charles ſecond, qui étoit celui de
la politeſſe, & l'âge des Beaux-Arts, Otway dans ſa
Veniſe ſauvée introduit le Senateur Antonio & ſa
courtiſanne Naki au milieu des horreurs de la Conſ-
piration du Marquis de Bedemar. Le vieux Senateur
Antonio fait auprès de ſa courtiſanne toutes les ſin-
geries d'un vieux débauché impuiſſant & hors du bon
ſens. Il contrefait le Taureau & le Chien, il mord
les jambes de ſa maîtreſſe qui lui donne des coups de
pieds & des coups de fouet. On a retranché de la piece
d'Otway ces bouffonneries faites pour la plus vile ca-
naille, mais on a laiſſé dans le Jules Céſar de Shakeſpear les plaiſanteries des Cordonniers & des Save-
tiers Romains, introduits ſur la ſcéne avec Caſſius &
Brutus. Vous vous plaindrez ſans doute que ceux qui
juſqu'à preſent vous ont parlé du Théatre Anglois, &
ſur-tout de ce fameux Shakeſpear, ne vous aient encore

fait voir que fes erreurs , & que perfonne n'ait traduit aucun de ces endroits frapans qui demandent
graces pour toutes fes fautes. Je vous répondrai qu'il
eft bien aifé de raporter en profe les fotifes d'un Poëte , mais très-difficile de traduire fes beaux Vers. Tous
les Grimauds qui s'érigent en critiques des Ecrivains
célebres , compilent des volumes. J'aimerois mieux
deux pages qui nous fiffent connoître quelque beauté ; car je maintiendrai toujours avec tous les gens
de bon goût , qu'il y a plus à profiter dans douze vers
d'Homere & de Virgile , que dans toutes les Critiques qu'on a fait de ces deux grands hommes.

J'A i hazardé de traduire quelques morceaux des
meilleurs Poëtes Anglois , en voici un de Shakefpear.
Faites grace à la copie en faveur de l'Original , &
fouvenez-vous toûjours quand vous voyez une traduction , que vous ne voyez qu'une foible eftampe
d'un beau tableau. J'ai choifi le Monologue de la
Tragédie de Hamlet qui eft fû de tout le monde , &
qui commence par ce vers ,

To be , or not to be ! that is the Queftion ! &c.

C'eft Hamlet , Prince de Dannemark , qui parle.

Demeure , il faut choifir & paffer à l'inftant
De la vie à la mort , ou de l'Etre au néant.
Dieux cruels , s'il en eft , éclairez mon courage.
Faut-il vieillir courbé fous la main qui m'outrage ,
Supporter , ou finir mon malheur & mon fort ?
Qui fuis-je ? Qui m'arrête ! & qu'eft-ce que la Mort ?
C'eft la fin de nos maux , c'eft mon unique azile ;
Après de longs tranfports c'eft un fommeil tranquile.

G 4

On s'endort, & tout meurt , mais un affreux réveil
Doit succéder peut-être aux douceurs du sommeil !
On nous menace , on dit que cette courte Vie
De tourmens éternels est aussi-tôt suivie.
O Mort ! moment fatal ! affreuse Eternité !
Tout cœur à ton seul nom se glace épouvanté,
Eh ! qui pourroit sans toi supporter cette vie ;
De nos Prêtres menteurs benir l'hypocrisie ;
D'une indigne Maîtresse encenser les erreurs ;
Ramper sous un Ministre , adorer ses hauteurs ;
Et montrer les langueurs de son ame abattuë
A des Amis ingrats qui détournent la vuë ?
La Mort seroit trop douce en ces extrémitez ,
Mais le Scrupule parle , & nous crie , Arrêtez ;
Il défend à nos mains cet heureux homicide ,
Et d'un Heros guerrier , fait un Chrétien timide , &c.

NE croyez pas que j'aye rendu ici l'Anglois mot
pour mot ; malheur aux faiseurs de traductions li-
terales , qui traduisant chaque parole énervent le
sens. C'est bien-là qu'on peut dire que la lettre tuë,
& que l'esprit vivifie.

VOICI encore un passage d'un fameux Tragique
Anglois ; c'est Dryden Poëte du tems de Charles second , Auteur plus fecond que judicieux , qui auroit
une réputation sans mélange , s'il n'avoit fait que la
dixiéme partie de ses ouvrages , & dont le grand
défaut est d'avoir voulu être universel.

CE morceau commence ainsi :

When I consider Life 'tis all a Cheat ,
Yet fool'd by Hope Men favour the Deceit , &c.

De desseins en regrets , & d'erreurs en desirs
Les mortels insensés proménent leur folie :
Dans des malheurs presens , dans l'espoir des plaisirs
Nous ne vivons jamais , nous attendons la vie.
Demain , demain , dit-on , va combler tous nos vœux.
Demain vient , & nous laisse encore plus malheureux.
Quelle est l'erreur , helas ! du soin qui nous dévore ,
Nul de nous ne voudroit recommencer son cours.
De nos premiers momens nous maudissons l'aurore ,
Et de la nuit qui vient , nous attendons encore
Ce qu'ont en vain promis les plus beaux de nos jours , &c.

C'est dans ces morceaux détachez que les Tragiques Anglois ont jusques ici excellé. Leurs Pieces presque toutes barbares , dépourvuës de bienséancé , d'ordre & de vraisemblance , ont des lueurs étonnantes au milieu de cette nuit. Le stile est trop empoulé , trop hors de la nature , trop copié des Ecrivains Hebreux si remplis de l'enflure Asiatique. Mais aussi il faut avouër que les échasses du stile figuré , sur lesquelles la Langue Angloise est guindée , élevent aussi l'esprit bien haut , quoi que par une marche irréguliére. Le premier Anglois qui ait fait une Piece raisonnable , & écrite d'un bout à l'autre avec élegance , c'est l'illustre Mr. Addison. Son Caton d'Utique est un chef-d'œuvre pour la diction , & pour la beauté des vers. Le rôle de Caton est à mon gré fort au dessus de celui de Cornelie dans le Pompée de Corneille ; car Caton est grand sans enflûre , & Cornelie , qui d'ailleurs n'est pas un personnage nécessaire , vise quelquefois au galimathias. Le Caton de Mr. Addison me paroit le plus beau personnage qui ſoit ſur aucun Théatre ; mais les autres rôles de la Piece n'y répondent pas, & cet ouvrage ſi bien écrit eſt défiguré par une intrigue froide d'amour qui répand ſur la Piece une langueur qui la tuë.

La coûtume d'introduire de l'amour à tort & à travers dans les Ouvrages dramatiques, paſſa de Paris à Londres vers l'an 1660 avec nos rubans & nos perruques. Les femmes qui parent les ſpectacles, comme ici, ne veulent plus ſouffrir qu'on leur parle d'autres choſes que d'amour. Le ſage Addiſon eût la molle complaiſance de plier la ſeverité de ſon caractere aux mœurs de ſon tems, & gâta un chef-d'œuvre pour avoir voulu plaire.

Depuis lui les Pieces ſont devenuës plus régulieres, le peuple plus difficile, les Auteurs plus corrects & moins hardis. J'ai vu des Pieces nouvelles fort ſages, mais froides. Il ſemble que les Anglois n'ayent été faits juſqu'ici que pour produire des beautez irrégulieres. Les monſtres brillants de Shakeſpear plaiſent mille fois plus que la ſageſſe moderne. Le génie poëtique des Anglois reſſemble juſqu'à preſent à un arbre touffu planté par la nature, jettant au hazard mille rameaux, & croiſſant inégalement avec force. Il meurt ſi vous voulez forcer ſa nature, & le tailler en arbre des Jardins de Marli.

DIX-NEUVIE'ME
LETTRE
SUR LA
COMEDIE.

JE ne fai comment le fage & ingénieux M. de Muralt, dont nous avons les Lettres fur les Anglois & fur les François, s'eft borné, en parlant de la Comédie, à critiquer un Comique nommé Shadwell. Cet Auteur étoit affez méprifé de fon tems. Il n'étoit point le Poëte des honnêtes gens. Ses Pieces, goûtées pendant quelques reprefentations par le peuple, étoient dédaignées par tous les gens de bon goût, & reffembloient à tant de Pieces que j'ai vû en France attirer la foule & révolter les Lecteurs, & dont on a pû dire, tout Paris les condamne, & tout Paris les court. Mr. de Muralt auroit dû, ce femble, nous parler d'un Auteur excellent qui vivoit alors, c'étoit M. Wicherley, qui fut long-tems l'Amant déclaré de la Maitreffe la plus illuftre de Charles fecond. Cet homme qui paffoit fa vie dans le plus grand monde, en connoiffoit parfaitement les vices & les ridicules, & les peignoit du pinceau le plus ferme, & des couleurs les plus vraies. Il a

fait un Mifantrope qu'il a imité de Moliere. Tous
les traits de Wicherley font plus forts & plus hardis que ceux de notre Mifantrope ; mais auffi ils
ont moins de fineffe & de bienféance. L'Auteur
Anglois a corrigé le feul défaut qui foit dans la
Piece de Moliere ; ce défaut eft le manque d'intrigue & d'intérêt. La Pièce Angloife eft intéreffante,
& l'intrigue en eft ingénieufe : elle eft trop hardie,
fans doute , pour nos mœurs , c'eft un Capitaine
de Vaiffeau plein de valeur , de franchife & de mépris pour le genre humain. Il a un ami fage & fincere dont il fe défie , & une maîtreffe dont il eft
tendrement aimé , fur laquelle il ne daigne pas jetter les yeux; au contraire , il a mis toute fa confiance
dans un faux ami qui eft le plus indigne homme qui
refpire , & il a donné fon cœur à la plus coquette
& à la plus perfide de toutes les femmes. Il eft bien
affuré que cette femme eft une Penelope , & ce faux
ami un Caton. Il part pour s'aller battre contre les
Hollandois , & laiffe tout fon argent, fes pierreries,
& tout ce qu'il a au monde à cette femme de bien,
& recommande cette femme elle-même à cet ami fi-
dele fur lequel il compte fi fort. Cependant le véritable honnête-homme , dont il fe défie tant , s'em-
barque avec lui , & la maîtreffe qu'il n'a pas feulement daigné regarder , fe déguife en Page, & fait
le voyage fans que le Capitaine s'aperçoive de fon
fexe de toute la campagne.

Le Capitaine ayant fait fauter fon Vaiffeau dans
un combat , revient à Londres , fans fecours , fans
Vaiffeau, & fans argent , avec fon Page & fon ami,
ne connoiffant ni l'amitié de l'un ni l'amour de l'autre,

Il va droit chez la perle des femmes, qu'il compte retrouver avec sa cassette & sa fidelité. Il la retrouve mariée avec l'honnête fripon à qui il s'étoit confié, & on ne lui a pas plus gardé son dépôt que le reste. Mon homme a toutes les peines du monde à croire qu'une femme de bien puisse faire de pareils tours ; mais pour l'en convaincre mieux, cette honnête Dame devient amoureuse du petit Page, & veut le prendre à force ; mais comme il faut que justice se fasse, & que dans une Piece de théatre, le vice soit puni, & la vertu récompensée, il se trouve à la fin du compte, que le Capitaine se met à la place du Page, couche avec son Infidelle, fait cocu son traitre ami, lui donne un bon coup d'épée à travers du corps, reprend sa cassette, & épouse son Page. Vous remarquerez qu'on a encore lardé cette Piece d'une Comtesse de Pimbesche, vieille plaideuse, parente du Capitaine, laquelle est bien la plus plaisante créature & le meilleur caractere qui soit au théatre.

WICHERLEY a encore tiré de Moliere une Piece non moins singuliere, & non moins hardie, c'est une espece d'Ecole des femmes.

LE principal personnage de la Piece est un drôle à bonnes fortunes, la terreur des maris de Londres, qui pour être plus sûr de son fait, s'avise de faire courir le bruit, que dans sa derniere maladie les Chirurgiens ont trouvé à propos de le faire Eunuque. Avec cette belle réputation tous les maris lui aménent leurs femmes, & le pauvre n'est plus embarassé que du choix. Il donne surtout la préference à une petite campagnarde qui a beaucoup d'innocence & de temperamment, & qui fait son mari cocu avec une bonne foi qui vaut mieux que la malice des Dames les plus expertes. Cette Piece n'eſt pas , ſi vous vou-lez , l'Ecole des bonnes mœurs , mais en vérité c'eſt l'Ecole de l'eſprit & du bon comique.

U N Chevalier Vanbrugh a fait des Comédies en-core plus plaiſantes , mais moins ingenieuſes. Le Chevalier étoit un homme de plaiſir , & par deſſus cela Poëte & Architecte. On prétend qu'il écrivoit avec autant de délicateſſe & d'élegance qu'il bâtiſſoit groſſierement. C'eſt lui qui a bâti le fameux Château de Blenheim , peſant & durable monument de notre malheureuſe bataille d'Hocſtet. Si les apartemens étoient ſeulement auſſi larges que les murailles ſont épaiſſes , ce Château ſeroit aſſez commode.

O N a mis dans l'Epitaphe de Vanbrugh , qu'on ſou-haitoit que la Terre ne lui fût point legere , attendu que de ſon vivant il l'avoit ſi inhumainement chargée.

C E Chevalier ayant fait un tour en France avant la belle Guerre de 1701 , fut mis à la Baſtille , & y reſta quelque tems ſans avoir jamais pû ſavoir ce qui lui avoit attiré cette diſtinction de la part de notre Miniſtre. Il fit une Comédie à la Baſtille , & ce qui eſt à mon ſens fort étrange , c'eſt qu'il n'y a dans cette Piece aucun trait contre le païs dans lequel il eſſuia cette violence.

C E L U I de tous les Anglois qui a porté plus loin la gloire du théatre comique , eſt feu Mr. Congré-ve. Il n'a fait que peu de Pieces , mais toutes ſont ex-cellentes dans leur genre. Les régles du Théatre y ſont rigoureuſement obſervées ; elles ſont pleines de caractéres nuancés avec une extrême fineſſe ; on n'y eſſuye pas la moindre mauvaiſe plaiſanterie ; vous y

voyez partout le langage des honnêtes gens avec des
actions de fripon ; ce qui prouve qu'il connoiſſoit
bien ſon monde, & qu'il vivoit dans ce qu'on appelle la bonne compagnie. Il étoit infirme & preſque
mourant quand je l'ai connu. Il avoit un défaut, c'é-
toit de ne pas aſſez eſtimer ſon premier métier d'Auteur, qui avoit fait ſa réputation & ſa fortune. Il
me parloit de ſes ouvrages comme de bagatelles au-
deſſous de lui ; & me dit à la premiere converſation,
de ne le voir que ſur le pied de Gentilhomme qui vivoit très-uniment. Je lui répondis, que s'il avoit eu
le malheur de n'être qu'un Gentilhomme comme un
autre, je ne le ſerois jamais venu voir, & je fus
très-choqué de cette vanité ſi mal placée.

SES Pieces ſont les plus ſpirituelles & les plus
exactes, celles de Vanburgh les plus gaies, & celles
de Wicherley les plus fortes. Il eſt à remarquer,
qu'aucun de ces beaux-Eſprits n'a mal parlé de Moliere : il n'y a que les mauvais Auteurs Anglois qui
aient dit du mal de ce grand homme. Ce ſont les
mauvais Muſiciens d'Italie qui mépriſent Lully, mais
un Buononcini l'eſtime & lui rend juſtice.

L'ANGLETERRE a encore de bons Poëtes Comi-
ques, tels que le Chevalier Steele, & Mr. Cibber
excellent Comédien, & d'ailleurs Poëte du Roi ; titre qui paroit ridicule, mais qui ne laiſſe pas de donner mille écus de rente & de beaux privileges. Notre grand Corneille n'en a pas eu tant.

AU reſte, ne me demandez pas que j'entre ici
dans le moindre détail de ces Pieces Angloiſes dont
je ſuis ſi grand partiſan, ni que je vous rapporte un
bon mot ou une plaiſanterie des Wicherleys & des

Congréves ; on ne rit point dans une traduction. Si vous voulez connoître la Comédie Angloise ; il n'y a d'autre moïen pour cela que d'aller à Londres, d'y rester trois ans, d'aprendre bien l'Anglois, & de voir la Comédie tous les jours. Je n'ai pas grand plaisir en lisant Plaute & Aristophane ; pourquoi ? c'est que je ne suis ni Grec, ni Romain. La finesse des bons mots, l'allusion, l'à propos, tout cela est perdu pour un étranger.

Il n'en est pas de même dans la Tragédie. Il n'est question chez elle que de grandes passions, & de sottises heroïques consacrées par de vieilles erreurs de fables ou d'Histoire. Oedipe, Electre apartiennent aux Espagnols, aux Anglois, & à nous, comme aux Grecs. Mais la bonne Comédie est la peinture parlante des ridicules d'une Nation, & si vous ne connoissez pas la Nation à fond, vous ne pouvez juger de la peinture.

VINGTIE'ME

VINGTIE'ME
LETTRE
SUR LES
SEIGNEURS
Qui cultivent les
LETTRES.

IL a été un tems en France où les beaux Arts étoient cultivez par les premiers de l'Etat. Les Courtisans surtout s'en mêloient malgré la dissipation, le goût des riens, la passion pour l'intrigue, toutes Divinitez du Païs. Il me paroît qu'on est actuellement à la Cour dans tout un autre goût que celui des Lettres ; peut-être dans peu de tems la mode de penser reviendra-t'elle. Un Roi n'a qu'à vouloir. On fait de cette Nation-ci tout ce qu'on veut. En Angleterre communément on pense, & les Lettres y sont plus en honneur qu'ici. Cet avantage est une suite nécessaire de la forme de leur Gouvernement. Il y a à Londres environ huit cens personnes qui ont le droit de parler en public, & de soûtenir les inté-

* H

rêts de la Nation. Environ cinq ou six mille prétendent au même honneur à leur tour. Tout le reste s'é-
rige en Juge de tous ceux-ci, & chacun peut faire
imprimer ce qu'il pense sur les affaires publiques;
ainsi toute la Nation est dans la nécessité de s'instruire. On n'entend parler que des Gouvernemens
d'Athènes & de Rome. Il faut bien malgré qu'on en
ait, lire les Auteurs qui en ont traité. Cette étude
conduit naturellement aux Belles - Lettres. En général les hommes ont l'esprit de leur état. Pourquoi
d'ordinaire nos Magistrats, nos Avocats, nos Medecins, & beaucoup d'Ecclesiastiques, ont-ils plus de
Lettres, de goût & d'esprit que l'on n'en trouve dans
toutes les autres professions ? C'est que réellément
leur état est d'avoir l'esprit cultivé, comme celui
d'un Marchand est de connoître son négoce. Il n'y
a pas long-tems qu'un Seigneur Anglois fort jeune me
vint voir à Paris, en revenant d'Italie. Il avoit fait
en vers une description de ce païs-là aussi poliment
écrite que tout ce qu'ont fait le Comte de Rochester,
& nos Chaulieux, nos Sarasins, & nos Chapelles.
La Traduction que j'en ai faite est si loin d'atteindre à la force & à la bonne plaisanterie de l'original,
que je suis obligé d'en demander serieusement pardon
à l'Auteur, & à ceux qui entendent l'Anglois. Cependant comme je n'ai pas d'autre moyen de faire
connoître les vers de Mylord . . . . . . les voici dans ma
Langue.

Qu'ai-je donc vû dans l'Italie ?
Orgueil, Astuce, & Pauvreté,

Grands Complimens , peu de Bonté ,
Et beaucoup de Cérémonie.

L'extravagante Comédie ,
Que souvent l'Inquisition *
Veut qu'on nomme Religion ;
Mais qu'ici nous nommons Folie.

La Nature en vain bienfaisante
Veut enrichir ces Lieux charmans ,
Des Prêtres la main désolante
Etouffe ses plus beaux présens.

Les Monseignors , soi disant Grands ,
Seuls dans leurs Palais magnifiques
Y sont d'illustres fainéants ,
Sans argent , & sans domestiques.

Pour les Petits , sans liberté ,
Martyrs du joug qui les domine ,
Ils ont fait vœu de pauvreté ,
Priant Dieu par oisiveté ,
Et toûjours jeûnant par famine.

Ces beaux lieux du Pape benis
Semblent habitez par les Diables ;
Et les Habitans miserables
Sont damnez dans le Paradis.

* Il entend sans doute les Farces que certains Prédicateurs joüent dans les Places publiques.

H 4

VINGT-ET-UNIE'ME LETTRE

SUR LE COMTE

DE ROCHESTER

ET

M^R. WALLER.

TOUT le monde connoît la réputation du Comte de Rochester. Mr. de *St.* Evremond en a beaucoup parlé, mais il ne nous a fait connoître du fameux Rochester, que l'homme de plaisir, l'homme à bonnes fortunes. Je voudrois faire connoître en lui l'homme de genie, & le grand Poëte. Entre autres Ouvrages qui brilloient de cette imagination ardente qui n'apartenoit qu'à lui, il a fait quelques Satires sur les mêmes sujets que notre celebre Despreaux avoit choisis. Je ne sai rien de plus utile pour se perfectionner le goût, que la comparaison des grands genies qui se sont exercez sur les mêmes matieres. Voici comme Mr. Despreaux parle contre la Raison humaine dans sa Satire sur l'Homme.

Cependant à le voir plein de vapeurs legeres,
Soi-même se bercer de ses propres chimeres,

Lui seul de la nature est la base & l'appui,
Et le dixiéme Ciel ne tourne que pour lui.
De tous les Animaux il est ici le Maître ;
Qui pourroit le nier, poursuis-tu ? Moi peut-être.
Ce Maître prétendu qui leur donne des loix,
Ce Roi des Animaux, combien a-t'il de Rois ?

VOICI à peu près comme s'exprime le Comte
de Rochester dans sa Satire sur l'Homme. Mais il faut
que le Lecteur se ressouvienne toûjours que ce sont
ici des traductions libres des Poëtes Anglois, & que
la gêne de notre versification, & les bienséances délicates de notre Langue, ne peuvent donner l'équiva-
lent de la licence impétueuse du stile Anglois.

Cet esprit que je hais, cet esprit plein d'erreur,
Ce n'est pas ma Raison, c'est la tienne, Docteur,
C'est la Raison frivole, inquiéte orgueilleuse,
Des sages Animaux, rivale dédaigneuse,
Qui croit entr'eux & l'Ange occuper le mieux,
Et pense être ici bas l'image de son Dieu.
Vil atôme imparfait, qui croit, doute, dispute,
Rampe, s'éleve, tombe, & nie encor sa chûte.
Qui nous dit je suis libre, en nous montrant ses fers,
Et dont l'œil trouble & faux croit percer l'Univers.
Allez Reverends Fous, bienheureux Fanatiques,
Compilez bien l'Amas de vos Riens Scholastiques,
Peres de Visions, & d'Enigmes sacrez,
Auteurs du Labirinthe, où vous vous égarez,
Allez obscurément éclaircir vos mysteres,
Et courez dans l'Ecole adorer vos chimeres.

H 3

Il eſt d'autres erreurs, il eſt de ces dévots
Condamnés par eux-mêmes à l'ennui du repos.
Ce Myſtique encloîtré, fier de ſon indolence,
Tranquille au ſein de Dieu; qu'y peut-il faire? Il penſe,
Non, tu ne penſes point, miſérable, tu dors:
Inutile à la Terre, & mis au rang des morts.
Ton eſprit énervé croupit dans la moleſſe.
Réveille-toi, ſois homme, & ſors de ton yvreſſe.
L'homme eſt né pour agir, & tu prétens penſer?

QUE ces idées ſoient vraies ou fauſſes, il eſt toujours certain qu'elles ſont exprimées avec une éner-
gie qui fait le Poëte. Je me garderai bien d'examiner la choſe en Philoſophe, & de quitter ici le pinceau pour le compas: mon unique but dans cette
Lettre eſt de faire-connoître le genie des Poëtes Anglois, & je vais continuër ſur ce ton.

ON a beaucoup entendu parler du célébre Waller
en France. Mr. de la Fontaine, St. Evremond &
Bayle ont fait ſon éloge; mais on ne connoît de lui
que ſon nom. Il eut à peu près à Londres la même
réputation que Voiture eut à Paris, & je crois qu'il
la méritoit mieux. Voiture vint dans un tems où l'on
ſortoit de la barbarie, & où l'on étoit encore dans
l'ignorance. On vouloit avoir de l'eſprit, & on n'en
avoit point encore. On cherchoit des tours au lieu
de penſées. Les faux brillans ſe trouvent plus aiſément que les pierres précieuſes. Voiture né avec un
génie frivole & facile, fut le premier qui brilla dans
cette aurore de la Literature Françoiſe. S'il étoit venu après les grands hommes qui ont illuſtré le ſié-
cle de Louis XIV, ou il auroit été inconnu, ou

on n'auroit parlé de lui que pour le méprifer, ou il auroit corrigé fon ftile. M. Defpreaux le loüe, mais c'eft dans fes premieres Satires, c'eft dans le tems que le goût de Defpreaux n'étoit pas encore formé : il étoit jeune, & dans l'âge où l'on juge des hommes, par la réputation & non pas par eux-mêmes. D'ailleurs, Mr. Defpreaux étoit fouvent bien injufte dans fes loüanges & dans fes cenfures. Il loüoit Segrais que perfonne ne lit, il infultoit Quinault que le monde fait par cœur, & il ne dit rien de la Fontaine. Waller meilleur que Voiture, n'étoit pas encore parfait. Ses ouvrages galans refpirent la grace, mais la négligence les fait languir, & fouvent les penfées fauffes les défigurent. Les Anglois n'étoient pas encore parvenus de fon tems à écrire avec correction. Ses ouvrages ferieux font pleins d'une vigueur qu'on n'attendroit pas de la moleffe de fes autres pieces. Il a fait un éloge funébre de Cromwel, qui avec fes défauts paffe pour un chef-d'œuvre. Pour entendre cet ouvrage, il faut favoir que Cromwel mourut le jour d'une tempête extraordinaire. La Piece commence ainfi.

Il n'eft plus, c'en eft fait, foumettons-nous au fort,
Le Ciel a fignalé ce jour par des tempêtes,
Et la voix des tonnerres éclatant fur nos têtes
Vient d'annoncer fa mort.

Par fes derniers foupirs il ébranle cette Ifle,
Cette Ifle que fon bras fit trembler tant de fois,
Quand dans le cours de fes Exploits,

Il brifoit la tête des Rois,
Et foumettoit un peuple à fon joug feul docile.

Mer, tu t'en ès troublée ; O Mer, tes flots émus
Semblent dire en grondant aux plus lointains rivages
Que l'effroi de la Terre & ton Maître n'eft plus.

Tel au Ciel autrefois s'envola Romulus,
Tel il quitta la Terre, au milieu des orages,
Tel d'un Peuple guerrier il reçut les homages ;
Obéï dans fa vie, à fa mort adoré,
Son Palais fut un Temple, &c.

C'est à propos de cet éloge de Cromwel que
Waller fit au Roi Charles II. cette réponfe qu'on
trouve dans le Dictionnaire de Bayle. Le Roi, à
qui Waller venoit felon l'ufage des Rois & des
Poëtes, de prefenter une Piece farcie de loüanges,
lui reprocha qu'il avoit fait mieux pour Cromwel.
Waller répondit, *Sire, nous autres Poëtes nous réuf-*
fiffons mieux dans les fictions que dans les véritez.
Cette réponfe n'étoit pas fi fincere que celle de l'Am-
baffadeur Hollandois qui, lorfque le même Roi fe
plaïgnoit que l'on avoit moins d'égards pour lui que
pour Cromwel, répondit, *Ah ! Sire, ce Cromwel étoit*
toute autre chofe. Mon but n'eft pas de faire un Commentaire fur le caractere de Waller, ni de perfonne. Je ne confidere les gens après leur mort que par
leurs Ouvrages, tout le refte eft pour moi anéanti.
Je remarque feulement que Waller, né à la Cour
avec foixante mille livres de rente, n'eut jamais ni
le fot orgueil, ni la nonchalance d'abandonner fon

talent. Les Comtes de Dorfet & de Rofcommon, les deux Ducs de Buckingham, Mylord Halifax, & tant d'autres, n'ont pas cru déroger en devenant de très-grands Poëtes & d'illuftres Ecrivains. Leurs Ouvrages leur font plus d'honneur que leurs noms. Ils ont cultivé les Lettres, comme s'ils en euffent attendu leurs fortunes. Ils ont de plus rendu les Arts refpectables aux yeux du peuple, qui en tout a befoin d'être mené par les Grands, & qui pourtant fe régle moins fur eux en Angleterre qu'en aucun lieu du monde.

VINGT-DEUXIEME
LETTRE
SUR
M^R. POPE
Et quelques autres
POETES FAMEUX.

JE voulois vous parler de Mr. Prior un des plus aimables Poëtes d'Angleterre, que vous avez vû ici Plenipotentiaire & Envoyé Extraordinaire en 1712. Je comptois vous donner aussi quelque idée des Poësies de Mylord Roscommon & Mylord Dorset ; mais je sens qu'il me faudroit faire un gros livre, & qu'après bien de la peine, je ne vous donnerois qu'une idée fort imparfaite de tous ces Ouvrages. La poësie est une espece de musique, il faut l'entendre pour en juger. Quand je vous traduits quelques morceaux de ces poësies étrangeres, je vous notte imparfaitement leur musique ; mais je ne puis exprimer le goût de leur chant.

Il y a sur-tout un Poëme Anglois que je desespererois de vous faire connoître, il s'apelle *Hudibras*. Le sujet est la guerre civile, & la secte des Puritains

tournée en ridicule. C'eſt Don Quichotte, c'eſt nôtre Satire Menippée fondus enſemble. C'eſt de
tous les livres que j'ai jamais lû, celui où j'ai trouvé le plus d'eſprit, mais c'eſt auſſi le plus in-
traduiſible. Qui croiroit qu'un Livre qui ſaiſit tous
les ridicules du genre humain, & qui a plus de penſées que de mots, ne pût ſouffrir la traduction ? C'eſt
que preſque tout y fait alluſion à des avantures par-
ticulieres. Le plus grand ridicule tombe ſur-tout ſur
les Théologiens que peu de gens du monde entendent. Il faudroit à tout moment un commentaire, &
la plaiſanterie expliquée ceſſe d'être plaiſanterie. Tout
Commentateur de bons mots eſt un ſot. Voilà pourquoi on n'entendra jamais bien en France les livres de
l'ingénieux Docteur Swift, qu'on apelle le Rabelais
d'Angleterre. Il a l'honneur d'être Prêtre comme Rabelais, & de ſe moquer de tout comme lui. Mais on
lui fait grand tort, ſelon mon petit ſens, de l'apeller
de ce nom. Rabelais dans ſon extravagant & inintelligible Livre, a repandu une extrême gaïeté & une
plus grande impertinence. Il a prodigué l'érudition,
les ordures, & l'ennui. Un bon conte de deux pages
eſt acheté par des volumes de ſottiſes. Il n'y a que
quelques perſonnes d'un goût bizarre qui ſe piquent
d'entendre & d'eſtimer tout cet ouvrage. Le reſte de
la Nation rit des plaiſanteries de Rabelais & mépriſe
le livre; on le regarde comme le premier des bou-
fons. On eſt fâché qu'un homme qui avoit tant d'eſprit en ait fait un ſi miſerable uſage. C'eſt un Philoſophe yvre, qui n'a écrit que dans le tems de ſon yvreſſe.

Mr. Swift eſt Rabelais dans ſon bon ſens, & vivant en bonne compagnie. Il n'a pas à la vérité la

gaïeté du premier ; mais il a toute la finesse, la raison, le choix, le bon goût qui manque à notre Curé
de Meudon. Ses vers sont d'un goût singulier & presque inimitables. La bonne plaisanterie est son partage
en vers & en prose, mais pour le bien entendre il
faut faire un petit voyage dans son païs.

Vous pouvez plus aisément vous former quelque idée de Mr. Pope. C'est, je crois, le Poëte le
plus élégant, le plus correct, & ce qui est encore
beaucoup, le plus harmonieux qu'ait eu l'Angleterre.
Il a réduit les sifflemens aigres de la trompette Angloise aux sons doux de la flute. On peut le traduire, parce qu'il est extrêmement clair, & que ses sujets pour
la plûpart sont généraux & du ressort de toutes les
Nations.

On connoîtra bien-tôt en France son Essai sur la
Critique, par la Traduction en vers qu'en fait Mr.
l'Abbé du Renel.

Voici un morceau de son Poëme de la Boucle
de Cheveux, que je viens de traduire avec ma liberté ordinaire : car encore une fois, je ne sai rien
de pis que de traduire un Poëme mot pour mot :

Umbriel à l'instant, vieil Gnome rechigné,
Va d'une aîle pesante & d'un air renfrogné
Chercher en murmurant la caverne profonde,
Où loin des doux raïons que répand l'œil du monde,
La Déesse aux vapeurs a choisi son séjour :
Les tristes Aquilons y sifflent à l'entour,
Et le soufle mal sain de leur aride haleine
Y porte aux environs la fiévre & la migraine,
Sur un riche Sofa derriere un Paravent

Loin des flambeaux, du bruit, des parleurs & du vent,
La quinteufe Déeffe inceffamment repofe,
Le cœur gros de chagrin, fans en favoir la caufe ;
N'aïant penfé jamais, l'efprit toûjours troublé,
L'œil chargé, le teint pâle, & l'hypocondre enflé.
La médifante Envie eft affife auprès d'elle,
Vieil fpectre féminin, décrépite pucelle,
Avec un air dévot déchirant fon prochain,
Et chanfonnant les gens, l'Evangile à la main.
Sur un lit plein de fleurs négligemment panchée
Une jeune Beauté non loin d'elle eft couchée,
C'eft l'Affectation qui graffaïe en parlant,
Ecoute fans entendre, & lorgne en regardant.
Qui rougit fans pudeur, & rit de tout fans joie,
De cent maux différens prétend qu'elle eft la proie ;
Et pleine de fanté fous le rouge & le fard,
Se plaint avec moleffe, & fe pâme avec art.

Si vous lifiez ce morceau dans l'original au lieu
de le lire dans cette foible traduction, vous le com-
pareriez à la defcription de la Moleffe dans le Lutrin.
En voilà bien honnêtement pour les Poëtes Anglois.
Je vous ai touché un petit mot de leurs Philofophes.
Pour de bons Hiftoriens je ne leur en connois pas
encore. Il a fallu qu'un François ait écrit leur Hiftoire.
Peut-être le genie Anglois qui eft ou froid ou impé-
tueux, n'a pas encore faifi cette éloquence naïve,
& cet air noble & fimple de l'Hiftoire. Peut-être auffi
l'efprit de parti qui fait voir trouble, a décrédité
tous leurs Hiftoriens. La moitié de la Nation eft toûjours l'ennemie de l'autre. J'ai trouvé des gens qui

m'ont affuré que Mylord Marlborough étoit un poltron, & que Mr. Pope étoit un fot; comme en France quelques Jefuites trouvent Pafcal un petit efprit, & quelques Janféniftes difent que le Pere Bourdaloue n'étoit qu'un bavard.

MARIE STUART eft une fainte Heroïne pour les Jacobites ; pour les autres c'eft une débauchée, adultère, homicide. Ainfi en Angleterre on a des factums & point d'Hiftoire. Il eft vrai qu'il y a à préfent un Mr. Gordon excellent Traducteur de Tacite, très-capable d'écrire l'Hiftoire de fon païs. Mais Mr. Rapin de Thoyras l'a prévenu. Enfin il me paroît que les Anglois n'ont point de fi bons Hiftoriens que nous : qu'ils n'ont point de véritables Tragédies ; qu'ils ont des Comédies charmantes, & des morceaux de Poëfie admirables, & des Philofophes qui dévroient être les précepteurs du genre humain.

LES Anglois ont beaucoup profité des Ouvrages de notre Langue. Nous dévrions à notre tour emprunter d'eux après leur avoir prêté. Nous ne fommes venus, les Anglois & nous, qu'après les Italiens qui en tout ont été nos maîtres, & que nous avons furpaffez en quelques chofes. Je ne fai à laquelle des trois Nations il faudra donner la préférence ; mais heureux eft celui qui fait fentir leurs differens mérites.

VINGT-TROISIE'ME
LETTRE
SUR LA
CONSIDERATION
Qu'on doit aux
GENS DE LETTRES.

NI en Angleterre, ni en aucun païs du monde, on ne trouve des établiſſemens en faveur des beaux Arts comme en France. Il y a preſque par tout des Univerſitez, mais c'eſt en France ſeule qu'on trouve ces utiles encouragemens, pour l'Aſtronomie, pour toutes les parties des Mathématiques, pour celle de Medecine, pour les recherches de l'Antiquité, pour la Peinture, pour la Sculputure, & l'Architecture. Louïs XIV. s'eſt immortaliſé par toutes ſes fondations, & cette immortalité ne lui a pas couté deux cens mille francs par an.

J'AVOUE que c'eſt un de mes étonnemens, que le Parlement d'Angleterre qui s'eſt aviſé de promettre vingt mille Guinées à celui qui feroit la découverte

des Longitudes , n'ait jamais penſé à imiter Louis
XIV. dans ſa munificence envers les Arts. Le mérite trouve à la verité parmi les Anglois d'autres ré-
compenſes plus honorables pour la Nation. Tel eſt
le reſpect que ce peuple a pour les talens, qu'un
homme de mérite y fait toûjours fortune. M. Addiſſon
en France eût été de quelque Academie , & auroit pû
obtenir par le crédit de quelques femmes, une penſion
de 1200 livres , ou bien on l'auroit mis à la Baſtille,
ſous prétexte qu'on auroit aperçu dans ſa Tragédie
de Caton quelques traits contre le portier d'un homme en place. En Angleterre il a été Secretaire d'E-
tat. Mr. Newton étoit Intendant des Monoïes du
Royaume. Mr. Congréve avoit une Charge importante. Mr. Prior a été Plenipotentiaire. Le Docteur
Swift eſt Doyen de St. Patrice à Dublin , & y eſt
beaucoup plus conſideré que le Primat. Si la Religion
de Mr. Pope ne lui permet pas d'avoir une place , elle
n'empêche pas au moins que ſa belle Traduction
d'Homere ne lui ait valu 200000 livres. J'ai vu long-
tems en France l'Auteur de Rhadamiſte près de mourir de faim ; & le fils d'un des plus grands hommes
que la France ait eu , & qui commençoit à marcher
ſur les traces de ſon pere , étoit réduit à la miſere
ſans Mr. Fagon.

MAIS ce qui encourage le plus les Arts en Angleterre, c'eſt la conſideration où ils ſont. Le portrait
du premier Miniſtre ſe trouve ſur la cheminée de
ſon cabinet : j'ai vû celui de Mr. Pope dans vingt maiſons. Mr. Newton étoit honoré de ſon vivant , &
l'a été après ſa mort comme il devoit l'être. Les prin-
cipaux de la Nation ſe ſont diſputés l'honneur de
porter

porter le poêle à son convoi. Entrez à Westminster ; ce ne sont pas les tombeaux des Rois qu'on y admire : ce sont les monumens que la reconnoissance de la Nation a érigé aux grands hommes qui ont contribué à sa gloire. Vous y voyez leurs statues, comme on voyoit dans Athénes celles des Sophocles & des Platons ; & je suis persuadé que la seule vuë de ces glorieux monumens a excité plus d'un esprit, & formé plus d'un grand homme.

On a même reproché aux Anglois d'avoir été trop loin dans les honneurs qu'ils rendent au simple mérite. On a trouvé à redire qu'ils ayent enterré dans Westminster la célébre Comédienne, Mrs. Oldfield à peu près avec les mêmes honneurs qu'on a rendus à Mr. Newton. Quelques-uns ont prétendu qu'ils avoient affecté d'honorer à ce point sa mémoire, afin de nous faire sentir davantage la barbare & lâche injustice qu'ils nous reprochent, d'avoir jetté à la voirie le corps de Mademoiselle le Couvreur.

Mais je puis vous assurer que les Anglois dans la pompe funébre de Mademoiselle Oldfield enterrée dans leur St. Denis, n'ont rien consulté que leur goût. Ils sont bien éloignés d'attacher de l'infamie à l'Art des Sophocles & des Euripides ; & de retrancher du corps de leurs citoyens ceux qui se dévouent à réciter devant eux des ouvrages dont leur Nation se glorifie.

Du tems de Charles premier, & dans le commencement de ces guerres civiles commencées par des Rigoristes fanatiques, qui eux-mêmes en furent enfin les victimes, on écrivoit beaucoup contre les spéctacles ; d'autant plus que Charles premier & sa femme, fille de notre Henri le Grand, les aimoient extrêmement.

U n Docteur nommé Prynn, scrupuleux à toute outrance, qui se seroit cru damné s'il avoit porté une soutane au lieu d'un manteau court, selon l'usage des Presbyteriens, & qui auroit voulu que la moitié des hommes eût massacré l'autre pour la gloire de Dieu & la *Propaganda fide*, s'avisa d'écrire un fort mauvais livre contre d'assez bonnes Comédies qu'on jouoit tous les jours très-innocemment devant le Roi & la Reine. Il cita l'autorité des Rabins & quelques passages de St. Bonaventure pour prouver que l'Oedipe de Sophocle étoit l'Ouvrage du malin : que Terence étoit excommunié *ipso facto* : & il ajouta que sans doute Brutus qui étoit un Janseniste très-severe, n'avoit assassiné César que parce que César qui étoit Grand-Prêtre, avoit composé une Tragédie d'Oedipe. Enfin il dit que tous ceux qui assistoient à un spectacle étoient des excommuniés qui renioient leur chrême & leur baptême. C'étoit outrager le Roi & toute la Famille Royale. Les Anglois respectoient alors Charles premier. Ils ne voulurent pas souffrir qu'on parlât d'excommunier ce même Prince à qui depuis ils firent couper la tête. Mr. Prynn fut cité devant la Chambre étoilée, condamné à voir son beau livre, dont le Pere le Brun a emprunté le sien, brulé par la main du bourreau, & lui à avoir les oreilles coupées. Son procès se voit dans les Actes publics.

O n se garde bien en Italie de flétrir l'Opera & d'excommunier le Signor Senesini ou la Signora Cuzzoni. Pour moi j'oserois souhaiter qu'on pût supri-

mer en France je ne fai quels mauvais livres, qu'on
a imprimé contre nos fpectacles. Car lorfque les Italiens & les Anglois aprennent, que nous flétriffons
de la plus grande infamie, un Art dans lequel nous
excellons ; que l'on excommunie des perfonnes ga-
gées par le Roi ; que l'on condamne comme impie
un fpectacle reprefenté chez des Religieux & dans
des Couvents ; qu'on deshonore des Jeux où Louïs
quatorze & Louïs quinze ont été Acteurs ; qu'on
déclare œuvres du Démon des Pieces reçuës par les
Magiftrats les plus finceres, & reprefentées devant
une Reine vertueufe ; quand, dis-je, des étrangers
aprennent cette infolence & manque de refpect à
l'autorité royale, & cette barbarie gothique qu'on
ofe nommer feverité Chrétienne, que voulez-vous
qu'ils penfent de notre Nation, & comment peu-
vent-ils concevoir ; ou que nos Loix autorifent un
Art déclaré fi infame, ou qu'on ofe marquer de tant
d'infamie un Art autorifé par les Loix, recompenfé par
les Souverains ; cultivé par les plus grands hommes,
& admiré des Nations ; & qu'on trouve chez le
même Libraire, l'impertinent libelle du Pere le Brun,
à côté des Ouvrages immortels des Racine, des
Corneille, des Moliere, &c.

VINGT-QUATRIE'ME

LETTRE

SUR LA

SOCIETÉ ROYALE

ET SUR LES

ACADEMIES

LES Anglois ont eu long-tems avant nous une Académie des Sciences, mais elle n'est pas si bien reglée que la nôtre, & cela par la seule raison peut-être qu'elle est ancienne ; car si elle avoit été formée après l'Académie de Paris, elle en auroit adopté quelques sages loix, & eût perfectionné les autres.

La Societé Royale de Londres manque de deux choses les plus nécessaires aux hommes, des récompenses & des régles. C'est une petite fortune sûre à Paris pour un Géometre, pour un Chimiste, qu'une place à l'Académie. Au contraire, il en coute à Londres pour être de la Societé Royale. Quiconque dit en Angleterre, J'aime les Arts, & veut être de la Societé, en est dans l'instant. Mais en France pour être Membre & Pensionnaire de l'Académie ; ce n'est pas assés d'être amateur ; il faut être savant, & disputer la place contre des concurrens, d'autant plus redoutables, qu'ils font animés par la gloire, par l'intérêt, par la difficulté même, & par cette inflexibilité d'efprit que donne d'ordinaire l'étude opiniâtre des Sciences de calcul.

L'Académie des Sciences eft fagement bornée à l'étude de la nature, & en verité c'eft un champ affez vafte pour occuper cinquante ou foixante perfonnes. Celle de Londres mêle indifferemment la Literature à la Phyfique. Il me femble qu'il eft mieux d'avoir une Académie particuliere pour les Belles-Lettres, afin que rien ne foit confondu, & qu'on ne voie point une Differtation fur les coëffures des Romains à côté d'une centaine de courbes nouvelles.

Puisque la Societé de Londres a peu d'ordre & nul encouragement, & que celle de Paris eft fur un pied tout oppofé, il n'eft pas étonnant que les Mémoires de notre Académie foient fupérieurs aux leurs. Des Soldats bien difciplinés & bien payés, doivent à la longue l'emporter fur des volontaires. Il eft vrai que la focieté Royale a eu un Newton, mais elle ne l'a pas produit. Il y avoit même peu de fes confreres qui l'entendiffent. Un genie comme Mr. Newton apartenoit à toutes les Académies de l'Europe, parce que toutes avoient beaucoup à aprendre de lui.

Le fameux Docteur Swift forma le deffein dans les dernieres années du regne de la Reine Anne, d'établir une Académie pour la Langue, à l'exemple de l'Académie Françoife. Ce projet étoit apuié par le Comte d'Oxford, Grand Tréforier, & encore plus par le Vicomte Bolingbroke Secretaire d'Etat, qui avoit le don de parler fur le champ dans le Parlement avec autant de pureté que Swift écrivoit dans

fon cabinet, & qui auroit été le protecteur & l'ornement de cette Académie. Les Membres qui la devoient compofer étoient des hommes dont les Ouvrages dureront autant que la Langue Angloife.
C'étoient ce Docteur Swift, Mr. Prior que nous
avons vu ici Miniftre public, & qui en Angleterre a
la même réputation que la Fontaine a parmi nous;
c'étoient Mr. Pope, le Boileau d'Angleterre, Mr. Congréve qu'on peut en appeller le Moliere, plufieurs
autres dont les noms m'échapent ici, auroient tous
fait fleurir cette Compagnie dans fa naiffance. Mais
la Reine mourut fubitement, les Whigs fe mirent
dans la tête de perdre les Protecteurs de l'Académie,
ce qui, comme vous voyez bien, fut mortel aux
Belles-Lettres. Les Membres de ce corps auroient eu
un grand avantage fur les premiers qui compoferent
l'Académie Françoife. Swift, Prior, Congréve, Dryden, Pope, Addifon, &c. avoient fixé la Langue Angloife par leurs Ecrits, au lieu que Chapelain, Colle-
tet, Caffaigne, Faret, Cotin nos premiers Académiciens
étoient l'oprobre de notre Nation, & que leurs noms
font devenus fi ridicules, que fi quelque Auteur paffa-
ble avoit le malheur de s'appeller aujourd'hui Chapelain ou Cotin, il feroit obligé de changer de nom.

Il auroit fallu fur-tout que l'Académie Angloife
fe propofât des occupations toutes différentes de la
nôtre. Un jour un bel-Efprit de ce païs-là me deman-
da les mémoires de l'Académie Françoife. Elle n'é-
crit point de Mémoires, lui répondis-je; mais elle a
fait imprimer foixante ou quatre-vingt volumes de
complimens. Il en parcourut un ou deux. Il ne put
jamais entendre ce ftile, quoi qu'il entendit fort

bien tous nos bons Auteurs. Tout ce que j'entre-
vois, me dit-il, dans ces beaux Difcours, c'eft que
le Récipiendaire ayant affuré que fon prédeceffeur
étoit un grand homme , que le Cardinal de Ri-
chelieu étoit un très-grand homme , le Chancelier
Seguier un affez grand homme , Louïs quatorze
un plus que grand homme ; le Directeur lui répond
la même chofe , & ajoûte que le Récipiendaire pourroit bien auffi être une efpece de grand homme ,
& que pour lui Directeur il n'en quitte pas fa part.

I L eft aifé de voir par quelle fatalité prefque tous
ces Difcours Académiques ont fait fi peu d'honneur
à ce Corps. *Vitium eft temporis potiùs quam hominis.*
L'ufage s'eft infenfiblemenr établi, que tout Acadé-
micien répéteroit ces Eloges à fa reception : ç'a été
une efpece de loi d'ennuïer le public. Si on cherche
enfuite pourquoi les plus grands genies qui font entrez dans ce Corps ont fait quelquefois les plus mau-
vaifes harangues, la raifon en eft encore bien aifée ;
c'eft qu'ils ont voulu briller , c'eft qu'ils ont voulu trai-
ter nouvellement une matiere toute ufée. La nécéffité
de parler , l'embarras de n'avoir rien à dire , & l'envie
d'avoir de l'efprit, font trois chofes capables de rendre ridicule même le plus grand homme. Ne pouvant trouver des penfées nouvelles , ils ont cherché
des tours nouveaux , & ont parlé fans penfer , comme des gens qui mâcheroient à vuide , & feroient
femblant de manger en périffant d'inanition.

A u lieu que c'eft une loi dans l'Académie Françoife de faire imprimer tous ces Difcours par lefquels feuls elle eft connuë ; ce dévroit être une loi
de ne les imprimer pas.

I 4

L'Academie des Belles Lettres s'eſt propoſé un but plus ſage & plus utile : c'eſt de preſenter au public un Recueil de Memoires remplis de recherches & de critiques curieuſes. Ces Memoires ſont déja eſtimez chez les étrangers. On ſouhaiteroit ſeulement que quelques matieres y fuſſent plus aprofondies, & qu'on n'en eût point traité d'autres. On ſe feroit, par exemple, fort bien paſſé de je ne ſai quelle Diſſertation ſur les prérogatives de la Main droite ſur la Main gauche, & quelques autres recherches, qui ſous un titre moins ridicule, n'en ſont guéres moins frivole

L'Academie des Sciences dans ſes recherches plus difficiles & d'une utilité plus ſenſible, embraſſe la connoiſſance de la nature & la perfection des Arts. Il eſt à croire que des études ſi profondes & ſi ſuivies, des calculs ſi exacts, des découvertes ſi fines, des vuës ſi grandes, produiront enfin quelque choſe qui ſervira au bien de l'Univers.

Juſqu'à preſent, comme nous l'avons déja obſervé enſemble, c'eſt dans les ſiécles les plus barbares que ſe ſont faites les plus utiles découvertes. Il ſemble que le partage des tems les plus éclairez, & des compagnies les plus ſavantes, ſoit de raiſonner ſur ce que des ignorans ont inventé. On ſait aujourd'hui après les longues diſputes de Mr. Huygens & de Mr. Renaud, la détermination de l'angle le plus avantageux d'un gouvernail de Vaiſſeau avec la quille; mais Chriſtophle Colomb avoit découvert l'Amerique ſans rien ſoupçonner de cet angle.

Je ſuis bien loin d'inférer de-là qu'il faille s'en tenir ſeulement à une pratique aveugle : mais il ſeroit heureux que les Phyſiciens & les Géometres joigniſſent autant qu'il est possible, la pratique à la spéculation.

FAUT-IL que ce qui fait plus d'honneur à l'esprit humain, soit souvent ce qui est le moins utile ? Un homme avec les quatre regles d'Arithmetique & du bon sens devient un grand Négociant, un Jaques Cœur, un Delmet, un Bernard, tandis qu'un pauvre Algebriste passe sa vie à chercher dans les nombres des raports & des proprietés étonnantes, mais sans usage, & qui ne lui aprendront pas ce que c'est que le change. Tous les Arts sont à peu près dans ce cas. Il y a un point, passé lequel les recherches ne sont plus que pour la curiosité. Ces vérités ingenieuses & inutiles ressemblent à des étoiles qui placées trop loin de nous ne nous donnent point de clarté.

POUR l'Academie Françoise, quel service ne rendroit-elle pas aux Lettres, à la Langue, & à la Nation, si au lieu de faire imprimer tous les ans des complimens, elle faisoit imprimer les bons Ouvrages du siécle de Louis XIV. épurés de toutes les fautes de langage qui s'y sont glissées ? Corneille & Moliere en sont pleins. La Fontaine en fourmille. Celles qu'on ne pourroit pas corriger, seroient au moins marquées. L'Europe qui lit ces Auteurs, aprendroit par eux notre Langue avec sureté. Sa pureté seroit à jamais fixée. Les bons Livres François, imprimez avec soin aux dépens du Roi, seroient un des plus glorieux monumens de la Nation. J'ai ouï dire que Mr. Despreaux avoit fait autrefois cette proposition, & qu'elle a été renouvellée par un homme dont l'esprit, la sagesse, & la saine Critique sont connus ; mais cette idée a eu le sort de beaucoup d'autres projets utiles, d'être approuvée & d'être négligée.

VINGT-CINQUIE'ME
LETTRE
SUR
L'INCENDIE
DE LA
VILLE D'ALTENA.

L'EXTREME difficulté que nous avons en France de faire venir des livres de Hollande, est cause que je n'ai vû que tard le neuviéme Tome de la *Bibliotheque Raisonnée*, & je dirai en passant que si le reste de ce Journal répond à ce que j'en ai parcouru, les gens de Lettres sont à plaindre en France de ne le pas connoître.

A la Page 469. de ce neuviéme Tome, Seconde Partie, j'ai trouvé une Lettre contre moi, par laquelle on me reproche d'avoir calomnié la Ville de Hambourg dans l'Histoire de Charles XII.

DEPUIS quelques jours un Hambourgeois, homme de Lettres & de mérite, nommé Mr Richey, m'ayant fait l'honneur de me venir voir, m'a renouvellé ces plaintes au nom de ses compatriotes.

VOICI le fait, & voici ce que je suis obligé de déclarer.

Dans le fort de cette guerre malheureuse qui a ravagé le Nord, les Comtes de Steinbock & de Welling, Généraux du Roi de Suede, prirent en 1713. dans la Ville de Hambourg même, la résolution de brûler Altena, Ville commerçante, appartenant aux Danois, & qui commençoit à faire quelque ombrage au Commerce de Hambourg.

Cette résolution fut executée sans miséricorde la nuit du neuf Janvier. Ces Généraux coucherent à Hambourg cette nuit-là même; ils y coucherent le 10, le 11, le 12, & le 13, & datérent de Hambourg les Lettres qu'ils écrivirent pour tâcher de justifier cette barbarie.

Il est encore certain, & les Hambourgeois n'en disconviennent pas, qu'on refusa l'entrée de Hambourg à plusieurs Altenois, à des Vieillards, à des Femmes grosses, qui vinrent y demander un refuge, & que quelques-uns de ces misérables expirérent sous les murs de cette Ville au milieu de la neige & de la glace, consumez de froid & de misere, tandis que leur patrie étoit en cendre.

J'ai été obligé de raporter ces faits dans l'Histoire de Charles XII. Un de ceux qui m'ont communiqué des Mémoires, me marque très-positivement dans une de ses Lettres, que les Hambourgeois avoient donné de l'argent au Comte de Steinbock, pour l'engager à exterminer Altena, comme la rivale de leur Commerce. Je n'ai point adopté une accusation si grave, quelque raison que j'aye d'être convaincu de la méchanceté des hommes; je n'ai jamais cru le crime si aisément, j'ai combatu efficacement plus d'une calomnie, & je suis le seul qui ait ofé juftifier la mémoire du Comte Piper par des raifons, lorfque toute l'Europe le calomnioit par des conjectures.

Au lieu donc de fuivre le Memoire qu'on m'avoit envoyé, je me fuis contenté de raporter *qu'on difoit* que les Hambourgeois avoient donné fecrettement de l'argent au Comte de Steinbock.

Ce bruit a été univerfel & fondé fur des aparences; un Hiftorien peut raporter les bruits aufli-bien que les faits, & quand il ne donne une rumeur publique, une opinion, que pour une opinion, & non pour une vérité, il n'en eft ni refponfable, ni repréhenfible.

Mais lorfqu'il aprend que cette opinion populaire eft fauffe & calomnieufe, alors fon devoir eft de le déclarer, & de remercier publiquement ceux qui l'ont inftruit.

C'est le cas où je me trouve. Mr. Richey m'a démontré l'innocence de fes Compatriotes. La Bibliotheque Raifonnée a aufli très-folidement repouffé l'accufation intentée contre la Ville de Hambourg. L'Auteur de la Lettre contre moi, eft feulement repréhenfible, en ce qu'il m'attribuë d'avoir dit pofitivement que la Ville de Hambourg étoit coupable; il devoit diftinguer entre l'opinion d'une partie du Nord, que j'ai raportée comme un bruit vague, & l'affirmation qu'il m'impute. Si j'avois dit en effet; *La Ville de Hambourg a acheté la ruine de la Ville d'Altena*, je lui en demanderois pardon très-humblement, perfuadé qu'il n'y a de honte qu'à ne fe point rétracter quand on a tort. Mais j'ai dit la vérité en raportant un bruit qui a couru, & je dis la vérité en difant qu'ayant examiné ce bruit, je l'ai trouvé plein de fauſſeté.

Je dois encore déclarer qu'il regnoit des maladies contagieuſes à Altena dans le tems de l'incendie, & que ſi les Hambourgeois n'avoient point de Lazarets (comme on me l'aſſure,) point d'endroit où l'on pût mettre à couvert & féparément les Vieillards, & les Femmes qui périrent à leur vûe ; ils font très-excuſables de ne les avoir pas recueillis. Car la conſervation de ſa propre Ville, doit être préferé au ſalut des étrangers.

J'aurai très-grand ſoin que l'on corrige cet endroit de l'Hiſtoire de Charles XII. dans la Nouvelle Edition commencée à Amſterdam, & qu'on le réduiſe à l'exacte vérité dont je fais profeſſion & que je préfere à tout.

J'aprends auſſi que l'on a inſeré dans des papiers hebdomadaires des Lettres auſſi outrageantes que mal écrites du Poëte Rouſſeau au ſujet de la Tragédie de Zaïre. Cet Auteur de pluſieurs Pièces de Théatre, toutes ſiflées, fait le procès à une Pièce, qui a été reçuë du Public avec aſſez d'indulgence : & cet Auteur de tant d'ouvrages impies, me reproche publiquement d'avoir peu reſpecté la Religion dans une Tragédie repréſentée avec l'aprobation des plus vertueux Magiſtrats, lûë par Mgr. le Cardinal de Fleury, & qu'on repréſente déja dans quelques Maiſons Religieuſes. On me fera bien l'honneur de croire que je ne m'avilirai pas à répondre au Poëte Rouſſeau.

VINGT-SIXIEME
LETTRE
SUR LES PENSEES
DE M. PASCAL.

JE vous envoye les remarques critiques, que j'ai faites depuis long-tems sur les Penfées de M. Pafcal ; ne me comparez point ici je vous prie à Ezechias qui voulut faire brûler tous les Livres de Salomon. Je refpecte le génie & l'éloquence de Pafcal ; mais plus je les refpecte, plus je fuis perfuadé qu'il auroit lui-même corrigé beaucoup de ces penfées qu'il avoit jettées au hazard fur le papier, pour les examiner enfuite ; & c'eft en admirant fon génie que je combats quelques-unes de ces idées.

Il me paroît qu'en général l'efprit dans lequel M. Pafcal écrivit ces Penfées, étoit de montrer l'homme dans un jour odieux. Il s'acharne à nous peindre tous méchans & malheureux. Il écrit contre la nature humaine, à peu près comme il écrivoit contre les Jefuites, il impute à l'effence de notre nature ce qui n'appartient qu'à certains hommes : il dit éloquemment des injures au genre humain. J'ofe prendre le parti de l'humanité contre ce mifantrope fublime !

J'ofe affurer que nous ne fommes ni fi méchans, ni
fi malheureux qu'il le dit : je fuis de plus très-per-
fuadé que s'il avoit fuivi dans le livre qu'il médi-
toit, le deffein qui paroît dans fes penfées, il auroit fait un livre plein de paralogifmes éloquens &
de fauffetez admirablement déduites. Je crois même
que tous ces livres qu'on a fait depuis peu pour prouver la Religion chrétienne, font plus capables de fcan-
dalifer que d'édifier. Ces Auteurs prétendent-ils en
fçavoir plus que Jefus-Chrift & fes Apôtres ? C'eft
vouloir foutenir un chêne en l'entourant de rofeaux ;
on peut écarter ces rofeaux inutiles fans craindre
de faire tort à l'arbre.

J'ai choifi avec difcrétion quelques Penfées de
Pafcal, je mets les réponfes au bas, c'eft à vous de
juger fi j'ai tort ou raifon.

I.

Les grandeurs & les miferes de l'homme font telle-
ment vifibles qu'il faut néceffairement que la veritable
Religion nous enfeigne qu'il y a en lui quelque grand
principe de grandeur, & en même tems quelque grand
principe de mifere ; car il faut que la véritable Religion
connoiffe à fonds notre nature, c'eft-à-dire, qu'elle con-
noiffe tout ce qu'elle a de grand & tout ce qu'elle a de mi-
ferable & la raifon de l'un & de l'autre : il faut encore
qu'elle nous rende raifon des étonnantes contrarietez qui
s'y rencontrent.

I. Cette maniere de raifonner paroît fauffe & dan-
gereufe ; car la fable de Promethée & de Pandore,
les androgines de Platon & les dogmes des Siamois,
&c. rendroient auffi-bien raifon de ces contrarietez
apparentes. La Religion chrétienne n'en demeurera

pas moins vraye, quand même on n'en tireroit pas ces conclusions ingénieuses qui ne peuvent servir qu'à faire briller l'esprit.

Le Christianisme n'enseigne que la simplicité, l'humilité, la charité ; vouloir le réduire à la métaphysique, c'est vouloir en faire une source d'erreur.

I I.

Qu'on examine sur cela toutes les Religions du monde, & qu'on voye s'il y en a une autre que la Chrétienne qui y satisfasse ; sera-ce celle qu'enseignoient les Philosophes qui nous proposent pour tout bien, un bien qui est en nous ? Est-ce là le vrai bien ? Ont-ils trouvé le remede à nos maux ? Est-ce avoir guéri la présomption de l'homme que de l'avoir égalé à Dieu : & ceux qui nous ont égalé aux bêtes & qui nous ont donné les plaisirs de la terre pour tout bien, ont-ils apporté le remede à nos concupiscences ?

I I. Les Philosophes n'ont point enseigné de Religion : ce n'est pas leur Philosophie qu'il s'agit de combattre. Jamais Philosophe ne s'est dit inspiré de Dieu ; car dès-lors il eut cessé d'être Philosophe & il eut fait le Prophête. Il ne s'agit pas de sçavoir si Jésus-Christ doit l'emporter sur Aristote ; il s'agit de prouver que la Religion de Jésus-Christ est la véritable, & que celles de Mahomet, des Payens & toutes les autres sont fausses.

I I I.

Et cependant sans ce mystere le plus incompréhensible de tous, nous sommes incompréhensibles à nous-mêmes. Le nœud de notre condition prend ses retours & ses plis dans l'abîme du péché originel ; de sorte que l'homme est plus inconcevable sans ce mystere, que ce mystere n'est inconcevable à l'homme.

III. Eft-ce raifonner que de dire ; *l'homme eft in-concevable, fans ce myftere inconcevable :* pourquoi vou-loir aller plus loin que l'Ecriture ? N'y a-t'il pas de la témérité à croire qu'elle a befoin d'appui, & que ces idées Philofophiques peuvent lui en donner ?

Qu'auroit répondu M. Pafcal à un homme qui lui auroit dit, je fçai que le myftere du péché originel eft l'objet de ma foy & non de ma raifon. Je conçois fort bien fans myftere ce que c'eft que l'homme ; je vois qu'il vient au monde comme les autres ani-maux, que l'accouchement des meres eft plus dou-loureux à mefure qu'elles font plus délicates , que quelque-fois des femmes & des animaux femelles meurent dans l'enfantement ; qu'il y a quelquefois des enfans mal organifez qui vivent privez d'un ou deux fens & de la faculté du raifonnement ; que ceux qui font le mieux organifez font ceux qui ont les paffions les plus vives , que l'amour de foi-même eft égal chez tous les hommes , & qu'il leur eft auffi néceffaire que les cinq fens : que cet amour propre nous eft donné de Dieu pour la confervation de no-tre Etre , & qu'il nous a donné la Religion pour ré-gler cet amour propre ; que nos idées font juftes, ou inconféquentes , obfcures ou lumineufes , felon que nos organes font plus ou moins folides , plus ou moins déliez , & felon que nous fommes plus ou moins paffionnez : que nous dépendons en tout de l'air qui nous environne , des alimens que nous pre-nons , & que dans tout cela , il n'y a rien de con-tradictoire.

L'homme n'eft point une énigme , comme vous vous le figurez, pour avoir le plaifir de la deviner. L'hom-

* K

me paroît être à fa place dans la nature, fupérieur
aux animaux aufquels il eft femblable par les organes, inférieur à d'autres Etres aufquels il reffemble
probablement par la penfée. Il eft comme tout ce que
nous voyons mêlé de mal & de bien, de plaifir & de
peine. Il eft pourvû de paffions pour agir, & de raifon
pour gouverner fes actions. Si l'homme étoit parfait,
il feroit Dieu, & ces prétendues contrarietez que vous
appellez contradictions, font les ingrédiens néceffaires
qui entrent dans le compofé de l'homme, qui eft-ce
qu'il doit être.

IV.

Suivons nos mouvemens, obfervons nous nous-mêmes,
& voyons fi nous n'y trouverons pas les caracteres vivans
de ces deux natures.

Tant de contradictions fe trouveroient-elles dans un
fujet fimple !

Cette duplicité de l'homme eft fi vifible qu'il y en a qui
ont penfé que nous avions deux ames, un fujet fimple leur
paroiffant incapable de telles & fi foudaines varietez, d'u-
ne préfomption démefurée à un horrible abatement de cœur.

IV. Nos diverfes volontez ne font point des contradictions dans la nature, & l'homme n'eft point un
fujet fimple. Il eft compofé d'un nombre innombra-
ble d'organes. Si un feul de fes organes eft un peu al-
teré, il eft néceffaire qu'il change toutes les impref-
fions du cerveau, & que l'animal ait de nouvelles
penfées & de nouvelles volontés. Il eft très-vrai que
nous fommes tantôt abatus de trifteffe, tantôt en-
flez de préfomption, & cela doit être quand nous
nous trouvons dans des fituations oppofées. Un animal que fon maître careffe & nourrit, & un autre

qu'on égorge lentement & avec adreffe pour en faire une diffection, éprouvent des fentimens bien
contraires, auffi faifons-nous, & les différences qui
font en nous font fi peu contradictoires, qu'il feroit
contradictoire qu'elles n'exiftaffent pas. Les foux qui
ont dit que nous avions deux ames, pouvoient par la
même raifon nous en donner trente ou quarante ;
car un homme dans une grande paffion a fouvent
trente ou quarante idées différentes de la même chofe, & doit néceffairement les avoir felon que cet objet lui paroît fous différentes faces.

Cette prétendue duplicité de l'homme eft une idée
auffi abfurde que métaphyfique ; j'aimerois autant
dire que le chien qui mord & qui careffe eft double,
que la poule qui a tant de foin de fes petits & qui enfuite les abandonne jufqu'à les méconnoître eft double, que la glace qui réprefente des objets différens
eft double, que l'arbre qui eft tantôt chargé, tantôt
dépouillé de feuilles, eft double. J'avoue que l'homme eft inconcevable ; mais tout le refte de la nature
l'eft auffi, & il n'y a pas plus de contradictions apparentes dans l'homme que dans tout le refte.

V.

Ne point parier que Dieu eft, c'eft parier qu'il n'eft
pas. Lequel prendrez-vous donc ? Pefons le gain & la per-
te en prenant le parti de croire que Dieu eft. Si vous
gagnez, vous gagnez tout ; fi vous perdez, vous ne per-
dez rien ; pariez donc qu'il eft fans héfiter. Oüi il faut
gager ; mais je gage peut-être trop. Voyons puifqu'il y a
pareil hazard de gain & de perte ; quand vous n'auriez
que deux vies à gagner pour une, vous pourriez encore
gager.

V. Il est évidemment faux de dire. Ne point parier que Dieu est, c'est parier qu'il n'est pas. Car celui qui doute & demande à s'éclaircir, ne parie assûrement ni pour, ni contre.

D'ailleurs cet article paroît un peu indécent & puerile : cette idée de jeu de perte & de gain ne convient point à la gravité du sujet.

De plus l'intérêt que j'ai à croire une chose, n'est pas une preuve de l'existence de cette chose. Je vous donnerai, me dites-vous, l'Empire du monde, si je crois que vous ayez raison. Je souhaite alors de tout mon cœur que vous ayez raison, mais jusqu'à ce que vous me l'ayez prouvé, je ne puis vous croire. Commençez, pouroit-on dire à M. Pascal, par convaincre ma raison : j'ai intérêt sans doute, qu'il y ait un Dieu ; mais si dans votre Système Dieu n'est venu que pour si peu de personnes, si le petit nombre des Elûs est si effrayant, si je ne puis rien du tout par moi-même, dites moi, je vous prie, quel intérêt j'ai à vous croire ? N'ai-je pas un intérêt visible à être persuadé du contraire ? De quel front osez-vous me montrer un bonheur infini, auquel d'un million d'hommes, un seul à peine a droit d'aspirer ; si vous voulez me convaincre, prenez-vous-y d'une autre façon, & n'allez pas tantôt me parler de jeu de hazard, de pari, de croix & de pile, & tantôt m'effrayer par les épines que vous semez sur le chemin que je veux & que je dois suivre. Votre raisonnement ne serviroit qu'à faire des Athées, si la voix de toute la nature ne nous crioit qu'il y a un Dieu avec autant de force que ces subtilitez ont de foiblesses.

V I.

En voyant l'aveuglement & la misére de l'homme &
ces contrarietez étonnantes qui se découvrent dans sa na-
ture, & regardant tout l'univers muet, & l'homme sans
lumiere, abandonné à lui-même & comme égaré dans ce
recoin de l'univers, sans sçavoir qui l'y a mis, ce qu'il y
est venu faire, ce qu'il deviendra en mourant, j'entre
en effroy comme un homme qu'on auroit porté endormi
dans une Isle déserte & effroyable, & qui s'éveilleroit
sans connoître où il est, & sans avoir aucun moyen d'en
sortir ; & sur cela j'admire comment on n'entre pas en
desespoir d'un si miserable état.

V I. En lisant cette réflexion, je reçois une lettre
d'un de mes amis qui demeure dans un Pays fort éloigné. Voici ses paroles :

„ Je suis ici comme vous m'y avez laissé, ni plus
„ gai, ni plus triste, ni plus riche, ni plus pauvre,
„ jouissant d'une santé parfaite, ayant tout ce qui
„ rend la vie agréable, sans amour, sans avarice,
„ sans ambition & sans envie, & tant que tout ce-
„ la durera, je m'apellerai hardiment un homme
„ très-heureux.

Il y a beaucoup d'hommes aussi heureux que lui,
il en est des hommes, comme des animaux ; tel chien
couche & mange avec sa Maîtresse ; tel autre tourne
la broche, & est tout aussi content, tel autre devient
enragé, & on le tuë ; pour moi, quand je regarde
Paris ou Londres, je ne vois aucune raison pour entrer dans ce désespoir dont parle M. Pascal ; je vois
une Ville qui ne ressemble en rien à une Isle déserte ;
mais peuplée, opulente, policée, & où les hommes
sont heureux autant que la nature humaine le com-

porte. Quel est l'homme sage qui sera prêt à se pendre, parce qu'il ne sçait pas comme on voit Dieu
face à face & que sa raison ne peut débrouiller le
Mystére de la Trinité ? il faudroit autant se désespé-
rer de n'avoir pas quatre pieds & deux aîles.

Pourquoi nous faire horreur de notre Etre ? notre
existence n'est point si malheureuse qu'on veut nous
le faire accroire. Regarder l'univers comme un ca-
chot, & tous les hommes comme des criminels qu'on
va exécuter, est l'idée d'un fanatique ; croire que le
monde est un lieu de délices où l'on ne doit avoir
que du plaisir, c'est la rêverie d'un sibarite. Penser
que la terre, les hommes & les animaux sont ce
qu'ils doivent être dans l'ordre de la Providence,
est, je crois d'un homme sage.

V I I.

Les Juifs pensent que Dieu ne laissera pas éternelle-
ment les autres peuples dans ces ténébres ; qu'il viendra
un liberateur pour tous, qu'ils sont au monde pour l'an-
noncer, qu'ils sont formez exprès pour être les herauts
de ce grand avenement, & pour apeller tous les peuples
à s'unir à eux dans l'attente de ce libérateur.

VII. Les Juifs ont toujours attendu un Libérateur, mais leur Libérateur est pour eux & non pour
nous ; ils attendent un Messie qui rendra les Juifs
Maîtres des Chrétiens, & nous espérons que le
Messie réünira un jour les Juifs aux Chrétiens ; ils
pensent précisément sur cela, le contraire de tout ce
que nous pensons.

V I I I.

La Loi par laquelle ce Peuple est gouverné, est tout
ensemble la plus ancienne Loi du monde, la plus par-

faite & la seule qui ait toujours été gardée sans interruption dans un état. C'est ce que *Philon Juif* montre en divers lieux , & *Josephe* admirablement contre l'*Appien*, où il fait voir qu'elle est si ancienne , que le nom même de Loi n'a été connu des plus anciens , que plus de mille ans après ; en sorte qu'*Homere* qui a parlé de tant de peuples , ne s'en est jamais servi ; & il est aisé de juger de la perfection de cette Loi par sa simple lecture , où l'on voit qu'on y a pourvû à toutes choses avec tant de sagesse , tant d'équité , tant de jugement , que les plus anciens *Legislateurs Grecs & Romains* en aiant quelque lumiere , en ont emprunté leurs principales *Loix* ; ce qu'il paroît par celle qu'ils apellent des *douze Tables* , & par les autres preuves que *Josephe* en donne.

VIII. Il est très-faux que la Loi des Juifs soit la plus ancienne, puisqu'avant Moïse leur Législateur, ils demeuroient en Egypte , le Pays de la terre le plus renommé pour ses sages Loix.

Il est très-faux que le nom de Loi n'ait été connu qu'après Homere : il parle des Loix de Minos. Le mot de Loi est dans Hesiode : & quand le nom de Loi ne se trouveroit ni dans Hesiode , ni dans Homere, cela ne prouveroit rien. Il y avoit des Rois & des Juges , donc il y avoit des Loix.

Il est encore très-faux que les Grecs & les Romains ayent pris des Loix des Juifs. Ce ne peut être dans les commencemens de leurs Républiques , car alors ils ne pouvoient connoître les Juifs : ce ne peut être dans le temps de leur grandeur ; car alors ils avoient pour ces barbares un mépris connu de toute la terre.

I X.

Ce peuple est encore admirable dans sa sincérité. Ils gardent avec amour & fidelité le Livre où Moyse déclare qu'ils ont toûjours été ingrats envers Dieu, & qu'il sçait qu'ils le seront encore plus après sa mort ; mais qu'il apelle le Ciel & la terre à témoin contre eux ; qu'il le leur a assez dit ; qu'enfin Dieu s'irritant contre eux, les dispersera par tous les peuples de la terre : que comme ils l'ont irrité en adorant des Dieux qui n'étoient point leurs Dieux, il les irritera en apelant un peuple qui n'étoit pas son peuple. Cependant ce Livre qui les deshonore en tant de façons, ils le conservent aux dépens de leur vie ; c'est une sincerité qui n'a point d'exemple dans le monde, ni sa racine dans la nature.

IX. Cette sincérité a par tout des exemples & n'a sa racine que dans sa nature. L'orgueil de chaque Juif est intéressé à croire que ce n'est point sa détestable politique, son ignorance des Arts, sa grossiereté qui l'a perdu ; mais que c'est la colere de Dieu qui le punit ; il pense avec satisfaction qu'il a fallu des miracles pour l'abattre, & que sa Nation est toûjours la bien-aimée du Dieu qui la châtie.

Qu'un Prédicateur monte en chaire, & dise aux François : *Vous êtes des misérables qui n'avez ni cœur, ni conduite ; vous avez été battus à Hochstet & à Ramilly, parce que vous n'avez pas sçû vous deffendre,* il se fera lapider ; mais s'il dit, „ vous êtes des Ca-
„ tholiques chéris de Dieu ; vos péchez infâmes avoient
„ irrité l'Eternel qui vous livra aux hérétiques à
„ Hochstet & à Ramilly ; mais quand vous êtes re-
„ venus au Seigneur, alors il a béni votre courage, à
„ Dénain ; ces paroles le feront aimer de l'Auditoire.

X.

S'il y a un Dieu, il ne faut aimer que lui & non les créatures.

X. Il faut aimer & très-tendrement les créatures ; il faut aimer sa Patrie, sa femme, son pere, ses enfans, & il faut si bien les aimer que Dieu nous les fait aimer malgré nous. Les principes contraires sont propres à faire de barbares raisonneurs.

X I.

Nous naiſſons injuſtes, car chacun tend à ſoy, cela eſt contre tout ordre. Il faut tendre au général, & la pente vers ſoy eſt le commencement de tout déſordre en guerre, en police, en œconomie, &c.

XI. Cela eſt ſelon tout ordre ; il eſt auſſi impoſſible qu'une ſocieté puiſſe ſe former & ſubſiſter, ſans amour propre, qu'il ſeroit impoſſible de faire des enfans ſans concupiſcence, de ſonger à ſe nourir ſans appétit. C'eſt l'amour de nous-même qui aſſiſte l'amour des autres, c'eſt par nos beſoins mutuels que nous ſommes utiles au genre humain, c'eſt le fondement de tout commerce, c'eſt l'éternel lien des hommes, ſans lui il n'y auroit pas eu un Art inventé, ni une ſocieté de dix perſonnes formée ; c'eſt cet amour propre que chaque animal a reçû de la nature, qui nous avertit de reſpecter celui des autres. La Loi dirige cet amour propre & la Religion le perfectionne ; il eſt bien vrai que Dieu auroit pû faire des créatures uniquement attentives au bien d'autrui ; dans ce cas les Marchands auroient été aux Indes par charité, & le Maſſon eut ſcié de la pierre pour faire plaiſir à ſon prochain. Mais Dieu a établi les choſes autrement, n'accuſons point l'inſtinct qu'il nous donne, & faiſons-en l'uſage qu'il commande.

XII.

Le sens caché des Prophéties, ne pouvoit induire en erreur, & il n'y avoit qu'un peuple aussi charnel que celui-là qui s'y pût méprendre.

Car quand les biens sont promis en abondance, qui les empêchoit d'entendre les veritables biens, sinon leur cupidité qui déterminoit ce sens aux biens de la terre ?

XII. En bonne foi le Peuple le plus spirituel de la terre, l'auroit-il entendu autrement ? ils étoient esclaves des Romains ; ils attendoient un Libérateur qui les rendroit victorieux, & qui feroit respecter Jerusalem dans tout le monde. Comment avec les lumieres de leur raison, pouvoient-ils voir ce vainqueur, ce Monarque dans Jesus pauvre & mis en croix ? Comment pouvoient-ils entendre par le nom de leur Capitale une Jerusalem céleste ; eux à qui le Décalogue n'avoit pas seulement parlé de l'immortalité de l'ame ? Comment un Peuple si attaché à la Loi, pouvoit-il sans une lumiere supérieure, reconnoître dans les Prophéties qui n'étoient pas leur Loi, un Dieu caché sous la figure d'un Juif circoncis, qui par sa Religion nouvelle a détruit & rendu abominables la Circoncision & le Sabbat, fondemens sacrés de la Loi Judaïque ? Pascal né parmi les Juifs, s'y feroit trompé comme eux. Encore une fois adorons Dieu sans vouloir percer dans l'obscurité de ses Mystéres.

XIII.

Le tems du premier avénement de Jesus-Christ est prédit, le tems du second ne l'est point, parce que le premier devoit être caché, au lieu que le second doit être éclatant, & tellement manifeste que ces ennemis même le reconnoîtront.

XIII. Le tems du second avenement de Jesus-Chrift, a été prédit encore plus clairement que le premier ; M. Pafcal avoit apparemment oublié que Jesus-Chrift dans le chapitre yingt-un de Saint Luc dit expreffement:

„ Lorfque vous verrez une armée environner Je-
„ rufalem, fçachés que la défolation eft proche. Je-
„ rufalem fera foulée aux pieds, & il y aura des fi-
„ gnes dans le Soleil & dans la Lune & dans les étoi-
„ les ; les flots de la mer feront un très-grand bruit.
„ Les vertus des Cieux feront ébranlées, & alors ils
„ verront le fils de l'homme qui viendra fur une nuée
„ avec une grande puiffance & une grande Majefté.

Ne voilà-t'il pas le fecond avenement prédit diftinctement ? Mais fi cela n'eft point arrivé encore, ce n'eft point à nous d'ofer interroger la Providence.

X I V.

Le Meffie felon les Juifs charnels, doit être un grand Prince temporel. Selon les Chrétiens charnels il eft venu nous difpenfer d'aimer Dieu, & nous donner des Sacremens qui opérent tout fans nous : ni l'un ni l'autre n'eft la Religion Chrétienne, ni Juive.

X I V. Cet article eft bien plûtôt un trait de fatire qu'une réflexion chrétienne. On voit que c'eft aux Jefuites qu'on en veut ici ; mais en vérité aucun Jefuite a-t'il jamais dit que Jefus-Chrift eft *venu nous difpenfer* d'aimer Dieu ? La difpute fur l'amour de Dieu, eft une pure difpute de mots, comme la plûpart des autres quérelles fcientifiques qui ont caufé des haines fi vives & des malheurs fi affreux. Il y a encore un autre défaut dans cet article. C'eft qu'on y fuppofe que l'attente d'un Meffie, étoit un point de Religion chez les Juifs : c'étoit feulement une idée confolante répanduë parmi cette Nation. Les Juifs efpéroient un Libérateur, mais il ne leur étoit pas ordonné d'y croire, comme article de foi. Toute leur Religion étoit renfermée dans le Livre de la Loi. Les Prophêtes n'ont jamais été regardez par les Juifs comme Legiflateurs.

X V.

Pour examiner les Prophéties il faut les entendre. Car fi l'on croit qu'elles n'ont qu'un fens, il eft fûr que le Meffie ne fera point venu, mais fi elles ont deux fens, il eft fûr qu'il fera venu en Jefus-Chrift.

XV. La Religion Chrétienne eft fi véritable, qu'elle n'a pas befoin de preuves douteufes : or fi quelque chofe pouvoit ébranler les fondemens de cette fainte & raifonnable Religion, c'eft ce fentiment de M. Pafcal ; il veut que tout ait deux fens dans l'Ecriture ; mais un homme qui auroit le malheur d'être incrédule, pourroit lui dire : celui qui donne deux fens à fes paroles, veut tromper les hommes, & cette duplicité eft toujours punie par les loix. Comment donc pouvez-vous fans rougir, admettre dans Dieu ce qu'on punit & ce qu'on détefte dans les hommes ? Que dis-je ! avec quel mépris & avec quelle indignation ne traitez-vous pas les oracles des Payens, parce qu'ils avoient deux fens ? Ne pourroit-on pas dire plûtôt que les Prophéties qui regardent directement Jefus-Chrift, n'ont qu'un fens, comme celle de Daniel, de Michée, & autres ? Ne pourroit-on pas même dire que, quand nous n'aurions aucune intelligence des Prophéties, la Religion n'en feroit pas moins prouvée.

X V I.

La diftance infinie des corps aux efprits, figure la diftance infiniment plus infinie des efprits à la charité; car elle eft furnaturelle.

X V I. Il eft à croire que M. Pafcal n'auroit pas employé ce galimathias dans fon ouvrage, s'il avoit eu le tems de le faire.

X V I I.

Les foibleffes les plus apparentes font des forces à ceux qui prennent bien les chofes. Par exemple, les deux Généalogies de Saint Mathieu & de Saint Luc; il eft vifible que cela n'a pas été fait de concert.

X V I I. Les éditeurs des Penfées de Pafcal au-roient-ils dû imprimer cette penfée, dont l'expofi-tion feule eft peut-être capable de faire tort à la Re-ligion? A quoi bon dire que ces Généalogies, ces points fondamentaux de la Religion Chrétienne, fe contrarient, fans dire en quoi elles peuvent s'ac-corder. Il falloit préfenter l'antidote avec le poifon. Que penferoit-on d'un Avocat qui diroit : Ma Par-tie fe contredit; mais cette foibleffe eft une force pour ceux qui fçavent bien prendre les chofes.

X V I I I.

Qu'on ne nous reproche donc plus le manque de clarté, puifque nous en faifons profeffion; mais que l'on recon-noiffe la vérité de la Religion dans l'obfcurité même de la Religion, dans le peu de lumiere que nous en avons, & dans l'indifference que nous avons de la connoître.

X V I I I. Voilà d'étranges marques de vérité qu'ap-porte Pafcal. Quelles autres marques a donc le men-fonge? Quoi! il fuffiroit pour être cru de dire, *je fuis obfcure, je fuis inintelligible*; il feroit bien plus fenfé de ne préfenter aux yeux que les lumieres de la foi ; au lieu de ces ténébres d'érudition.

XIX.

S'il n'y avoit qu'une Religion ; Dieu feroit trop ma-nifefte.

XIX. Quoi ! vous dites que s'il n'y avoit qu'une Religion , Dieu feroit trop manifefte ? Eh oubliez-vous que vous dites à chaque page , qu'un jour il n'y aura qu'une Religion ; felon vous , Dieu fera donc alors trop manifefte.

XX.

Je dis que la Religion Juive ne confiftoit en au-cune de ces chofes ; mais feulement en l'amour de Dieu, & que Dieu réprouvoit toutes les autres chofes.

XX. Quoi ! Dieu réprouvoit tout ce qu'il ordon-noit lui-même avec tant de foin aux Juifs, & dans un détail fi prodigieux ? N'eft-il pas plus vrai de dire que la loi de Moyfe confiftoit & dans l'amour , & dans le culte ? Ramener tout à l'amour de Dieu , fent bien moins l'amour de Dieu que la haine que tout Jan-fenifte a pour fon prochain Molinifte.

XXI.

La chofe la plus importante à la vie , c'eft le choix d'un métier ; le hazard en difpofe , la coûtume fait les maçons , les foldats , les couvreurs.

XXI. Qui peut donc déterminer les foldats , les maçons & tous les ouvriers mécaniques , finon ce qu'on appelle hazard & la coûtume ? il n'y a que les Arts de génie aufquels on fe détermine de foi-même ; mais pour les métiers que tout le monde peut faire, il eft très-naturel & très-raifonnable que la coûtume en difpofe.

XXI.

Que chacun éxamine sa penfée ; il la trouvera toû-
jours occupée au paffé & à l'avenir. Nous ne penfons
prefque point au prefent ; & fi nous y penfons, ce n'eft
que pour en prendre la lumiere pour difpofer l'avenir.
Le préfent n'eft jamais notre but ; le paffé & le prefent
font nos moyens, le feul avenir eft notre objet.

XXII. Il faut, bien-loin de fe plaindre, remercier l'Auteur de la nature, de ce qu'il nous donne cet inftinct qui nous emporte fans ceffe vers l'a-
venir : le tréfor le plus précieux de l'homme eft cette *efperance* qui nous adoucit nos chagrins, & qui
nous peint des plaifirs futurs dans la poffeffion des
plaifirs préfens. Si les hommes étoient affez malheureux pour ne s'occuper que du prefent, on ne
fémeroit point, on ne bâtiroit point, on ne plante-
roit point, on ne pourvoyeroit à rien ; on manque-
roit de tout au milieu de cette fauffe jouiffance. Un
efprit comme M. Pafcal, pouvoit-il donner dans un
lieu commun auffi faux que celui-là ? La nature a établi que chaque homme joüiroit du préfent en fe nour-
riffant, en faifant des enfans, en écoutant des fons
agréables, en occupant fa faculté de penfer & de fentir, & qu'en fortant de ces états, fouvent au milieu de ces états même, il penferoit au lendemain ,
fans quoi il périroit de mifere aujourd'hui.

XXIII.

Mais quand j'y ai regardé de plus près, j'ai trouvé
que cet éloignement que les hommes ont du repos, & de
demeurer avec eux-mêmes, vient d'une caufe bien effec-
tive, c'eft-à-dire, du malheur naturel de notre condition
foible & mortelle, & fi miferable que rien ne nous peut

consoler, lorsque rien ne nous empêche d'y penser, & que nous ne voyons que nous.

XXIII. Ce mot *ne voir que nous*, ne forme aucun sens.

Qu'est-ce qu'un homme qui n'agiroit point, & qui est supposé se contempler ? non-seulement je dis que cet homme seroit un imbecile, inutile à la societé ; mais je dis que cet homme ne peut éxister ; car que cet homme contempleroit-il, son corps, ses pieds, ses mains, ses cinq sens ? Ou il seroit un idiot, ou bien il feroit usage de tout cela ; resteroit-il à contempler sa faculté de penser ? Mais il ne peut contempler cette faculté qu'en l'éxerçant, ou il ne pensera à rien, ou bien il pensera aux idées qui lui sont déja venués, ou il en composera de nouvelles : or il ne peut avoir d'idées que du dehors. Le voilà donc nécessairement occupé, ou de ses sens, ou de ses idées, le voilà donc hors de soi, ou imbécille.

Encore une fois il est impossible à la nature humaine de rester dans cet engourdissement imaginaire ; il est absurde de le penser, il est insensé d'y prétendre. L'homme est né pour l'action, comme le feu tend en haut & la pierre en bas. N'être point occupé, & n'éxister pas, est la même chose pour l'homme ; toute la différence consiste dans les occupations douces ou tumultueuses, dangereuses, ou utiles.

XXIV.

Les hommes ont un instinct secret qui les porte à chercher le divertissement & l'occupation au dehors, qui vient du ressentiment de leur misere continuelle ; & ils ont un autre instinct qui reste de la grandeur de leur premiere nature, qui leur fait connoître que le bonheur n'est en effet que dans le repos.

XXIV.

XXIV. Cet inſtinct ſecret étant le premier principe & le fondement néceſſaire de la ſocieté ; il vient plûtôt de la bonté de Dieu , & il eſt plûtôt l'inſtrument de notre bonheur , qu'il n'eſt le reſſentimennt de notre miſere. Je ne ſçai pas ce que nos premiers peres faiſoient dans le Paradis terreſtre ; mais ſi chacun d'eux n'avoit penſé qu'à ſoi , l'exiſtence du genre humain étoit bien hazardée. N'eſt-il pas abſurde de penſer qu'ils avoient des ſens parfaits , c'eſt-à-dire , des inſtrumens d'action parfaits , uniquement pour la contemplation ? Et n'eſt-il pas plaiſant que des têtes peſantes, puiſſent imaginer que la pareſſe eſt un titre de grandeur , & l'action un rabaiſſement de nôtre nature.

X X V.

C'eſt pourquoi lorſque Cineas diſoit à Pirrus qui ſe propoſoit de joüir du repos avec ſes amis , après avoir conquis une grande partie du monde ; qu'il feroit mieux d'avancer lui-même ſon bonheur , en joüiſſant dès-lors de ce repos , ſans l'aller chercher par tant de fatigues ; il lui donnoit un conſeil qui recevoit de grandes difficultez , & qui n'étoit guéres plus raiſonnable que le deſſein de ce jeune ambitieux ; l'un & l'autre ſuppoſoit que l'homme ſe pût contenter de ſoi-même & de ſes biens préſens , ſans remplir le vuide de ſon cœur d'eſperances imaginaires , ce qui eſt faux ; Pirrus ne pouvoit être heureux , ni devant , ni après avoir conquis le monde.

XXV. L'exemple de Cineas eſt bon dans les Satires de Deſpreaux , mais non dans un livre Philoſophique. Un Roy ſage peut-être heureux chez lui , & de ce qu'on nous donne Pirrus pour un fou , cela ne conclud rien pour le reſte des hommes.

XXVI.

*On doit donc reconnoître que l'homme est si malheureux,
qu'il s'ennuyeroit même, sans aucune cause étrangere d'ennui, par le propre état de sa condition.*

XXVI. Au contraire, l'homme est si heureux en
ce point, & nous avons tant d'obligation à l'Auteur
de la nature, qu'il a attaché l'ennui à l'inaction, afin
de nous forcer par-là à être utiles au prochain & à
nous-mêmes.

XXVII.

*D'où vient que cet homme qui a perdu depuis peu son
fils unique, & qui accablé de procès & de quérelles, étoit
ce matin si troublé, n'y pense plus maintenant ? Ne vous
en étonnez pas : il est tout occupé à voir par où passera un
cerf que ses chiens poursuivent avec ardeur depuis six heures. Il n'en faut pas davantage pour l'homme, quelque
plein de tristesse qu'il soit, si l'ont peut gagner sur lui de
le faire entrer en quelque divertissement, le voilà heureux
pendant ce temps-là.*

XXVII. Cet homme fait à merveille, la dissipation est un remede plus sûr contre la douleur, que le
quinquina contre la fiévre ; ne blâmons point en cela
la nature, qui est toujours prête à nous secourir.

XXVIII.

*Qu'on s'imagine un nombre d'hommes dans les chaî-
nes, & tous condamnez à la mort, dont les uns étant
chaque jour égorgez à la vûë des autres, ceux qui restent
voyent leur propre condition dans celle de leurs sembla-
bles, & se regardent les uns les autres avec douleur,
& sans esperance attendent leur tour. C'est l'image de la
condition des hommes.*

XXVIII. Cette comparaison assurément n'est pas

juste : des malheureux enchaînez qu'on égorge l'un après l'autre sont malheureux ; non-seulement parce qu'ils souffrent , mais encore parce qu'ils éprouvent ce que les autres hommes ne souffrent pas. Le sort naturel d'un homme n'est ni d'être enchaîné , ni d'être égorgé ; mais tous les hommes sont faits comme les animaux , les plantes pour croître , pour vivre un certain tems , pour produire leur semblable , & pour mourir. On peut dans une Satire montrer l'homme tant qu'on voudra du mauvais côté ; mais pour peu qu'on se serve de sa raison , on avoüera que de tous les animaux l'homme est le plus parfait , le plus heureux , & celui qui vit le plus long-tems. Au lieu donc de nous étonner & de nous plaindre du malheur & de la brièveté de la vie , nous devons nous étonner , & nous féliciter de notre bonheur & de sa durée. A ne raisonner qu'en Philosophe ; j'ose dire qu'il y a bien de l'orgueil & de la témérité à prétendre , que par notre nature nous devons être mieux que nous ne sommes.

XXIX.

Les sages parmi les Payens qui ont dit qu'il n'y a qu'un Dieu , ont été persécutez ; les Juifs haïs ; les Chrétiens encore plus.

XXIX. Ils ont été quelquefois persecutez , de même que le seroit aujourd'hui un homme qui viendroit enseigner l'adoration d'un Dieu indépendante du culte reçû. Socrate n'a pas été condamné pour avoir dit , *il n'y a qu'un Dieu* ; mais pour s'être élevé contre le culte extérieur du Pays , & pour s'être fait des ennemis puissans fort mal à propos. A l'égard des Juifs , ils étoient haïs , non parce qu'ils ne cro-

yoient qu'un Dieu , mais parce qu'ils haïſſoient ridi-
culement les autres Nations , parce que c'étoient des
barbares , qui maſſacroient ſans pitié leurs ennemis
vaincus , parce que ce vil peuple , ſuperſtitieux ,
ignorant, privé des Arts, privé du commerce , mé-
priſoit les Peuples les plus policez. Quant aux Chrétiens ils étoient haïs des Payens, parce qu'ils ten-
doient à abattre la Religion & l'Empire , dont ils
vinrent enfin à bout , comme les Proteſtans ſe ſont
rendus les maîtres dans les mêmes Pays où ils furent
long-tems haïs , perſécutez & maſſacrez.

X X X.

Les défauts de Montagne ſont grands ; il eſt plein de
mots ſales & deshonnêtes. Cela ne vaut rien, ſes ſenti-
mens ſur l'homicide volontaire & ſur la mort ſont horribles.

X X X. Montagne parle en Philoſophe ; non en
Chrétien ; il dit le pour & le contre de l'homicide volontaire. Philoſophiquement parlant, quel mal fait à
la ſociété un homme qui la quitte, quand il ne peut
plus la ſervir ? Un vieillard a la pierre, & ſouffre des
douleurs inſuportables ; on lui dit, ſi vous ne vous
faites tailler, vous allez mourir ; ſi l'on vous taille,
vous pourrez encore radoter, baver & traîner pendant un an, à charge à vous-même & aux vôtres. Je
ſupoſe que le bon homme prenne alors le parti de
n'être plus à charge à perſonne : Voilà à peu près le
cas que Montagne expoſe.

X X X I.

Combien les lunettes nous ont-elles découvert d'aſtres
qui n'étoient point pour nos Philoſophes d'auparavant ?
On attaquoit hardiment l'Ecriture, ſur ce qu'on y trouve
en tant d'endroits, du grand nombre des étoiles ; il n'y en
a que 1022. diſoit-on, nous le ſçavons.

XXXI. Il eſt certain que la ſainte Ecriture en matiere de Phyſique, s'eſt toujours proportionnée aux
idées reçûës ; ainſi elle ſuppoſe que la terre eſt immobile, que le Soleil marche, &c. Ce n'eſt point du
tout par un rafinement d'Aſtronomie qu'elle dit, que
les étoiles ſont innombrables ; mais pour s'accorder
aux idées vulgaires. En éfet, quoique nos yeux ne découvrent qu'environ 1022. étoiles ; cependant quand
on regarde le Ciel fixement, la vûë ébloüie croit
alors en voir une infinité ; l'Ecriture parle donc ſelon ce préjugé vulgaire ; car elle ne nous a pas été
donnée pour faire de nous des Phyſiciens, & il y a
grande aparence que Dieu ne révéla ni à Abacuc, ni
à Baruc, ni à Michée qu'un jour un Anglois nommé
Famſtead, mettroit dans ſon Catalogue plus de 7000.
étoiles apperçûës avec le Teleſcope.

X X X I I.

*Eſt-ce courage à un homme mourant d'aller dans la
foibleſſe & dans l'agonie affronter un Dieu Tout-puiſſant
& éternel.*

XXXII. Cela n'eſt jamais arrivé, & ce ne peut
être que dans un violent tranſport au cerveau,
qu'un homme diſe, je croi un Dieu & je le brave·

X X X I I I.

*Je crois volontiers les Hiſtoires dont les témoins ſe
font égorger.*

XXXIII. La difficulté n'eſt pas ſeulement de ſça-
voir ſi on croira des témoins qui meurent pour ſou-
tenir leur dépoſition, comme ont fait tant de fanatiques ; mais encore ſi ces témoins ſont éfect'vement
morts pour cela, ſi on a conſervé leurs dépoſitions,
s'ils ont habité les Pays où on dit qu'ils ſont morts,

pourquoi Jofephe né dans le tems de la mort du Chrift, Jofephe ennemi d'Herode, Jofephe peu attaché au Judaïfme n'a-t'il pas dit un mot de tout cela ? Voila ce que M. Pafcal eût débrouillé avec fuccès, comme ont fait depuis tant d'Ecrivains éloquens.

XXXIV.

Les Sciences ont deux extrémitez qui fe touchent, la premiere eft la pure ignorance naturelle où fe donnent tous les hommes en naiffant, l'autre extrémité eft celle où arrivent les grandes ames, qui ayant parcouru tout ce que les hommes peuvent fçavoir, trouvent qu'ils ne fçavent rien, & fe rencontrent dans cette même ignorance d'où ils étoient partis.

XXXIV. Cette penfée eft un pur fophifme, & la fauffeté confifte dans ce mot *d'ignorance* qu'on prend en deux fens différens, celui qui ne fçait ni lire ni écrire eft un ignorant ; mais un Mathématicien pour ignorer les principes cachez de la nature, n'eft pas au point d'ignorance dont il étoit parti, quand il commença à apprendre à lire ; M. Newton ne fçavoit pas pourquoi l'homme remuë fon bras, quand il le veut ; mais il n'en étoit pas moins fçavant fur le refte ; celui qui ne fçait point l'Hébreu & qui fçait le Latin eft fçavant par comparaifon avec celui qui ne fçait que le François.

XXXV.

Ce n'eft pas être heureux que de pouvoir être réjoui par le divertiffement ; car il vient d'ailleurs, & de dehors, ainfi il eft dépendant & par conféquent fujet à être troublé par mille accidens qui font les afflictions inévitables.

XXXV. Celui-là eft actuellement heureux qui a du plaifir, & ce plaifir ne peut venir que de dehors ; nous ne pouvons avoir de fenfations ni d'idées que par les objets extérieurs, comme nous ne pouvons nourrir notre corps qu'en y faifant entrer des fubfiftances étrangeres qui fe changent en la nôtre.

X X X V I.

L'extrême efprit eft accufé de folie , comme l'extrême défaut, rien ne paffe pour bon que la médiocrité.

XXXVI. Ce n'eft point l'extrême efprit, c'eft l'extrême vivacité & volubilité de l'efprit qu'on accufe de folie; l'extrême efprit eft l'extrême juftefle , l'extrême finefle , l'extrême étendue oppofée diamétralement à la folie.

L'extrême *défaut d'efprit* eft une marque de conception, un vuide d'idées; ce n'eft point la folie, c'eft la ftupidité. La folie eft un dérangement dans les organes qui fait voir plufieurs objets trop vîte , ou qui arrête l'imagination fur un feul avec trop d'aplication & de violence; ce n'eft point non plus la médiocrité qui paffe pour bonne , c'eft l'éloignement des deux vices oppofez , c'eft ce qu'on appelle jufte milieu & non médiocrité.

X X X V I I.

Si notre condition étoit véritablement heureufe, il ne faudroit pas nous divertir d'y penfer.

XXXVII. Notre condition eft précifement de penfer aux objets extérieurs avec lefquels nous avons un rapport néceffaire; il eft faux qu'on puiffe divertir un homme de penfer à la condition humaine; car à quelque chofe qu'il aplique fon efprit, il l'aplique à quelque chofe de lié néceffairement à la condition humaine , & encore une fois penfer à foi avec abftraction des chofes naturelles, c'eft ne penfer à rien , je dis à rien du tout, qu'on y prenne bien garde.

Loin d'empêcher un homme de penser à sa condition, on ne l'entretient jamais que des agrémens de sa condition, on parle à un sçavant de réputation & de science, à un Prince de ce qui a rapport à sa grandeur, à tout homme on parle de plaisir.

XXXVIII.

Les grands & les petits ont mêmes accidens, mêmes fâcheries & mêmes passions. Mais les uns sont au haut de la roüe & les autres près du centre, & ainsi moins agitez par les mêmes mouvemens.

XXXVIII. Il est faux que les petits soient moins agitez que les grands, au contraire leurs désespoirs sont plus vifs; parce qu'ils ont moins de ressource. De cent personnes qui se tuent à Londres, il y en a quatre-vingt dix-neuf du bas peuple, & à peine une d'une condition relevée. La comparaison de la roüe est ingénieuse & fausse.

XXXIX.

On n'aprend pas aux hommes à être honnêtes gens, & on leur apprend tout le reste, & cependant ils ne se piquent de rien tant que de cela; ainsi ils ne se piquent de sçavoir que la seule chose qu'ils n'apprennent point.

XXXIX. On apprend aux hommes à être honnêtes gens & sans cela peu parviendroient à l'être. Laissez votre fils dans son enfance prendre tout ce qu'il trouvera sous sa main, à quinze ans il volera sur le grand chemin, louez-le d'avoir dit un mensonge, il deviendra faux témoin, flâtez sa concupiscence, il sera sûrement débauché: on apprend tout aux hommes, la vertu, la religion.

X L.

Le sot projet qu'a eu Montagne de se peindre, & cela

non pas en paſſant & contre ſes maximes, comme il arrivé à tout le monde de faillir ; mais par ſes propres maximes, & par un deſſein premier & principal ; car de
dire des ſotiſes par hazard & par foibleſſe, c'eſt un mal
ordinaire ; mais d'en dire à deſſein, c'eſt ce qui n'eſt pas
ſupportable, & d'en dire de telles que celle-là.

XL. Le charmant projet que Montagne a eu de
ſe peindre naïvement, comme il a fait ! car il a peint
la nature humaine, & le pauvre projet de Nicole,
de Mallebranche, de Paſcal, de décrier Montagne !

XLI.

Lorſque j'ai conſideré d'où vient qu'on ajoûte tant de
foy à tant d'impoſteurs, qui diſent qu'ils ont des remedes,
juſqu'à mettre ſouvent ſa vie entre leurs mains : il m'a
paru que la véritable cauſe eſt, qu'il y a de vrais remedes ;
car il ne ſeroit pas poſſible qu'il y en eût tant de faux, &
qu'on y donnât tant de créance, s'il n'y en avoit de véritables. Si jamais il n'y en avoit eu, & que tous les maux euſſent été incurables, il eſt impoſſible que les hommes ſe fuſſent
imaginez qu'ils en pourroient donner, & encore plus, que
tant d'autres euſſent donné créance à ceux qui ſe fuſſent
vantés d'en avoir de même : que ſi un homme ſe vantoit
d'empêcher de mourir, perſonne ne le croiroit, parce qu'il
n'y a aucun exemple de cela. Mais comme il y a eu quantité de remedes qui ſe ſont trouvez véritables par la connoiſſance même des plus grands hommes, la créance des
hommes s'eſt pliée par-là ; parce que la choſe ne pouvant
être niée en général, puiſqu'il y a des effets particuliers qui
ſont véritables ; le peuple qui ne peut pas diſcerner leſquels
d'entre ces effets particuliers ſont les véritables, les croit
tous. De même, ce qui fait qu'on croit tant de faux éfets de
la Lune, c'eſt qu'il y en a de vrais, comme le flux de la mer.

Ainsi il me paroît aussi évidemment qu'il n'y a tant de faux miracles, de fausses révélations, de sortileges, que parce qu'il y en a de vrais.

XLI. Il me semble que la nature humaine n'a pas besoin du vrai pour tomber dans le faux. On a imputé mille fausses influences à la Lune, avant qu'on imaginât le moindre raport véritable avec le flux de la mer. Le premier homme qui a été malade, a crû sans peine le premier charlatan ; personne n'a vû de loups garoux, ni de sorciers, & beaucoup y ont cru : personne n'a vû de transmutation de métaux, & plusieurs ont été ruinez par la créance de la pierre philosophale. Les Romains, les Grecs, les Payens, ne croyoient-ils donc aux faux miracles dont ils étoient inondez, que parce qu'ils en avoient vû de véritables ?

XLII.

Le port regle ceux qui sont dans un vaisseau, mais où trouverons-nous ce point dans la morale ?

XLII. Dans cette seule maxime reçuë de toutes les Nations. „ Ne faites pas à autrui, ce que vous „ ne voudriez pas qu'on vous fît.

XLIII.

Ferox gens nullam esse vitam sine armis putat. Ils aiment mieux la mort que la paix, les autres aiment mieux la mort que la guerre. Toute opinion peut-être préferée à la vie dont l'amour paroît si fort & si naturel.

XLIII. C'est des Catalans que Tacite a dit cela ; mais il n'y en a point dont on ait dit & dont on puisse dire, *elle aime mieux la mort que la guerre.*

XLIV.

A mesure qu'on a plus d'esprit, on trouve qu'il y a plus d'hommes originaux. Les gens du commun ne trouvent pas de différence entre les hommes.

XLIV. Il y a très-peu d'hommes vraiment originaux ; presque tous se gouvernent, pensent & sentent par l'influence de la coutume & de l'éducation. Rien n'est si rare qu'un esprit qui marche dans une route nouvelle ; mais parmi cette foule d'hommes qui vont de compagnie , chacun a de petites differences dans la démarche que les vûës fines aperçoivent.

X L V.

Il y a donc de deux sortes d'esprits , l'un de pénétrer vivement & profondément les conséquences des principes , & c'est-là l'esprit de justesse ; l'autre de comprendre un grand nombre de principes sans les confondre , & c'est-là l'esprit de Géometrie.

L X V. L'usage veut , je crois aujourd'hui , qu'on appelle *esprit géometrique* , l'esprit méthodique & conséquent.

X L V I.

La mort est plus aisée à suporter sans y penser , que la pensée de la mort sans péril.

X L V I. On ne peut pas dire qu'un homme supporte la mort aisément ou mal-aisément quand il n'y pense point du tout. Qui ne sent rien , ne suporte rien.

X L V I I.

Nous supposons que tous les hommes conçoivent & sentent de la même sorte les objets qui se présentent à eux ; mais nous le supposons bien gratuitement , car nous n'en avons aucune preuve. Je vois bien qu'on applique les mêmes mots dans les mêmes occasions , & que toutes les fois que deux hommes voyent , par exemple , de la neige ; ils expriment tous deux la vûë de ce même objet par les mêmes mots , en disant l'un & l'autre qu'elle est blanche ; & de cette conformité d'application on tire une puissante con jecture d'une conformité d'idée ; mais cela n'est pas absolument convaincant , quoiqu'il y ait bien à parier pour l'affirmative.

XLVII. Ce n'étoit pas la couleur blanche qu'il falloit aporter en preuve. Le blanc qui est un assemblage de tous les rayons , paroit éclatant à tout le monde , éblouit un peu à la longue , fait à tous les yeux le même effet ; mais on pourroit dire que peut-être les couleurs ne sont pas aperçües de tous les yeux de la même maniere.

XLVIII.

Tout notre raisonnement se réduit à ceder au sentiment.

XLVIII. Nôtre raisonnement se réduit à ceder au sentiment , en fait de goût , non en fait de science.

XLIX.

Ceux qui jugent d'un ouvrage par regle , sont à l'égard des autres , comme ceux qui ont une montre , à l'égard de ceux qui n'en ont point. L'un dit , il y a deux heures que nous sommes ici. L'autre dit , il n'y a que trois quarts d'heure : je dis à l'un , vous vous ennuyez , & à l'autre , le tems ne vous dure guéres.

XLIX. En ouvrage de goût , en Musique , en Poësie , en peinture , c'est le goût qui tient lieu de montre ; & celui qui n'en juge que par régles , en juge mal.

L.

Cesar étoit trop vieux , ce me semble , pour s'aller amuser à conquérir le monde ; cet amusement étoit bon à Alexandre , c'étoit un jeune homme qu'il étoit difficile d'arrêter ; mais Cesar devoit être plus mûr.

L. L'on s'imagine d'ordinaire qu'Alexandre & Ce-

far font fortis de chez eux dans le deffein de con-
querir la terre ; ce n'eft point cela ; Alexandre fuc-
ceda à Philippe dans le Généralat de la Grece, & fût
chargé de la jufte entreprife de vanger les Grecs des
injures du Roi de Perfe : il battit l'ennemi commun, & continua fes conquêtes jufqu'à l'Inde ; parce que le Royaume de Darius s'étendoit jufqu'à
l'Inde : de même que le Duc de Malborough feroit
venu jufqu'à Lion fans le Maréchal de Villars.

A l'égard de Cefar, il étoit un des premiers de la
République, il fe brouilla avec Pompée comme les
Janfeniftes avec les Moliniftes, & alors ce fut à qui
s'extermineroit ; une feule bataille où il n'y eût pas
dix mille hommes de tués, décida de tout.

Au refte, la penfée de M. Pafcal eft peut-être fauffe
en tout fens. Il falloit la maturité de Cefar pour fe
démêler de tant d'intrigues, & il eft étonnant qu'A-
lexandre à fon âge, ait renoncé au plaifir pour faire
une guerre fi pénible.

L I.

C'eft une plaifante chofe à confiderer de ce qu'il y a
des gens dans le monde qui ayant renoncé à toutes les
Loix de Dieu & de la nature, s'en font faites eux-mêmes
aufquelles ils obéiffent exactement, comme par exemple,
les voleurs, &c.

L I. Cela eft encore plus utile que plaifant à con-
fidérer, car cela prouve que nulle fociété d'hommes
ne peut fubfifter un feul jour fans régles.

L I I.

L'homme n'eft ni Ange, ni bête, & le malheur veut
que qui veut faire l'Ange, fait la bête.

L I I. Qui veut détruire les paffions au lieu de les
régler, veut faire l'Ange.

LIII.

Un cheval ne cherche point à se faire admirer de son compagnon, on voit bien entr'eux quelque sorte d'émulation à la course ; mais c'est sans conséquence ; car étant à l'étable, le plus pesant & le plus mal taillé ne cede pas pour cela son avoine à l'autre ; il n'en est pas de même parmi les hommes, leur vertu ne se satisfait pas d'elle même, & ils ne sont point contens s'ils n'en tirent avantage contre les autres.

LIII. L'homme le plus mal taillé ne cede pas non plus son pain à l'autre ; mais le plus fort l'enleve au plus foible, & chez les animaux & chez les hommes, les gros mangent les petits.

LIV.

Si l'homme commençoit par s'étudier lui-même, il verroit combien il est incapable de passer outre. Comment se pourroit-il faire qu'une partie connût le tout ? il aspirera peut-être à connoître au moins les parties avec lesquelles il a de la proportion : mais les parties du monde ont toutes un tel raport & un tel enchaînement l'un avec l'autre, que je crois impossible de connoître l'une sans l'autre & sans le tout.

LIV. Il ne faudroit point détourner l'homme de chercher ce qui lui est utile par cette considération qu'il ne peut tout connoître.

Non possis quantum contendere linceus:
Non tamen idcircò contemnas lippus inungi.

Nous connoissons beaucoup de veritez : nous avons trouvé beaucoup d'inventions utiles : consolons-nous de ne pas sçavoir les raports qui peuvent être entre une araignée & l'anneau de Saturne, & continuons à examiner ce qui est à notre portée.

L V.

Si le foudre tomboit fur les lieux bas ; les poëtes &
ceux qui ne fçavent raifonner que fur les chofes de cette
nature, manqueroient de preuves.

LV. Une comparaifon n'eft preuve ni en poëfie, ni
en profe ; elle fert en Poëfie d'embéliffement, & en
Profe elle fert à éclaircir & à rendre les chofes plus
fenfibles : les Poëtes qui ont comparé les malheurs
des Grands à la foudre qui frappe les montagnes,
feroient des comparaifons contraires, fi le contraire
arrivoit.

L V I.

C'eft cette compofition d'efprit & de corps qui a fait que
prefque tous les philofophes ont confondu les idées des cho-
fes, & attribuées aux corps ; ce qui n'apartient qu'aux
efprits ; ce qui ne peut convenir qu'aux corps.

LVI. Si nous fçavions ce que c'eft qu'efprit, nous
pourrions nous plaindre de ce que les Philofophes lui
ont attribué ce qui ne lui appartient pas ; mais nous
ne connoiffons ni l'efprit, ni le corps, nous n'avons
aucune idée de l'un, & nous n'avons que des idées
très-imparfaites de l'autre, donc nous ne pouvons
fçavoir quelles font leurs limites.

L V I I.

Comme on dit beauté poëtique, *on dévroit dire,* beauté
géometrique *& beauté* medicinale *; cependant on ne le*
dit point & la raifon en eft, qu'on fçait bien quel eft l'ob-
jet de la Géometrie & quel eft l'objet de la Medecine ;
mais on ne fçait pas en quoi confifte l'agrément qui eft l'ob-
jet de la poëfie. On ne fçait ce que c'eft que ce modéle na-
turel qu'il faut imiter, & à faute de cette connoiffance, on
a inventé de certains termes bifarres, fiécles d'or, mer-

veille de nos jours, fatal laurier, bel astre, &c. & on appelle ce jargon beauté poëtique. *Mais qui s'imaginera une femme vétuë sur ce modele, verra une jolie Demoiselle toute couverte de miroirs & de chaînes de laiton ?*

L V I I. Cela est très-faux, on ne doit point dire *beauté géometrique*, ni *beauté medicinale*, parce qu'un Theorême & une purgation n'affectent point les sens agréablement, & qu'on ne donne le nom de beauté qu'aux choses qui charment les sens, comme la Musique, la Peinture, l'Eloquence, la Poësie, l'Architecture réguliere, &c.

La raison qu'aporte M. Pascal est toute aussi fausse ; on sçait très-bien en quoi consiste l'objet de la Poësie ; il consiste à peindre avec force, netteté, délicatesse & harmonie ; la Poësie est l'éloquence harmonieuse : il falloit que M. Pascal eût bien peu de goût pour dire que *fatal laurier*, *bel astre*, & autres sotises, font des beautés poëtiques, & il falloit que les éditeurs de ces pensées fussent des personnes bien peu versées dans les Belles-Lettres, pour imprimer une réflexion si indigne de son illustre Auteur.

Je ne vous envoye point mes autres remarques sur les pensées de M. Pascal qui entraîneroient des discussions trop longues. C'est assez d'avoir crû appercevoir quelques erreurs d'inattention dans ce grand génie ; c'est une consolation pour un esprit aussi borné que le mien, d'être bien persuadé que les plus grands hommes se trompent comme le vulgaire.

F I N.

TABLE

TABLE
DES
LETTRES.

+ M

TABLE.

Fin de la Table.

TABLE
DES
PRINCIPALES MATIERES.

M 2

TABLE DES

PRINCIPALES MATIERES.

PRINCIPALES MATIERES.

PRINCIPALES MATIERES.

Fin de la Table des Matieres.

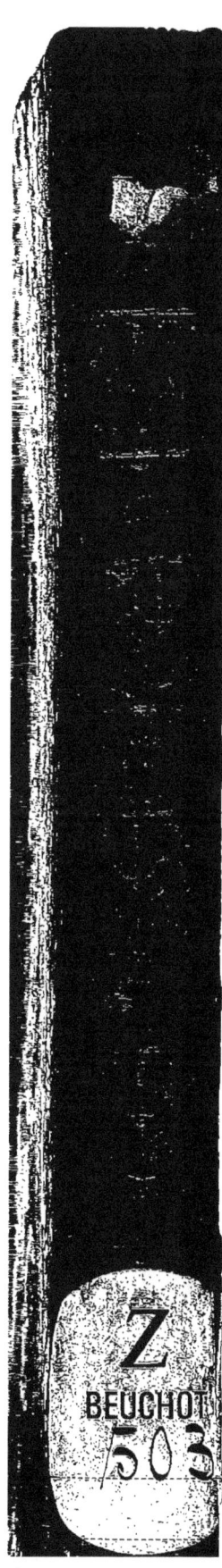